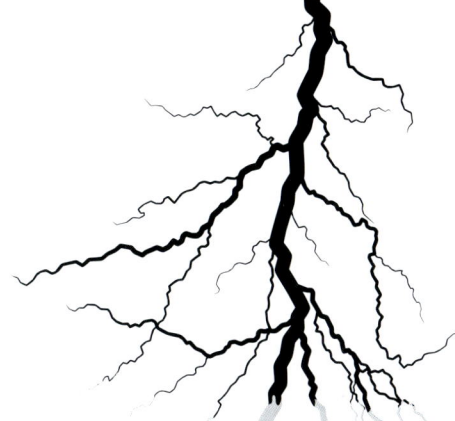

FRANKENSTEIN
LABORATORIO DEL TERROR

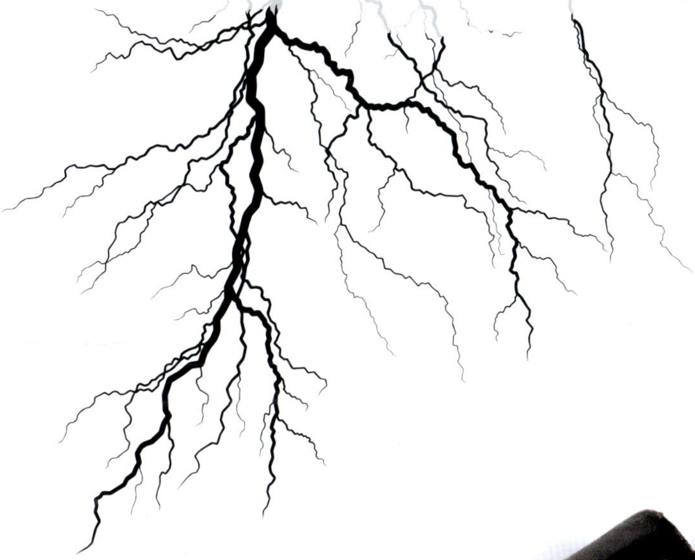

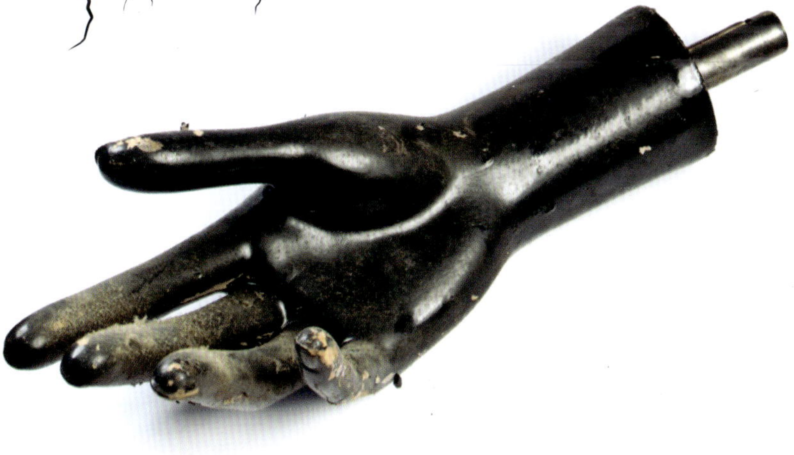

FRANKENSTEIN
LABORATORIO DEL TERROR

ALBERTO JIMÉNEZ GARCÍA

LIBSA

© 2026, Editorial LIBSA
C/ Puerto de Navacerrada, 88
28935 Móstoles. Madrid
Tel. (34) 91 657 25 80
e-mail: libsa@libsa.es
www.libsa.es

ISBN: 978-84-662-4482-4
Textos: Alberto Jiménez García
Ilustración: Shutterstock y Gettyimages /
Archivo Libsa
Edición: María Mañeru
Maquetación: Alberto Jiménez García
Diseño de cubierta: Lucía Fernández Díez

DL: M-15101-2025

*En recuerdo de nuestra
querida Maribel B. M-V.,
que renace con todos
nosotros.*

Créditos fotográficos:
7713 Photography / Shutterstock.com:
pág. 73
Anton_Ivanov / Shutterstock.com:
pág. 77
Awadewit / Rage / Wikipedia:
pág. 115 (arriba)
Electric Egg / Shutterstock.com:
pág. 127
Koapan / Shutterstock.com:
pág. 29
Larry Lamsa - Museo Peabody Essex:
pág. 159 (abajo der.)
Maximillian cabinet / Shutterstock.com:
pág. 98

Contenido

Prólogo

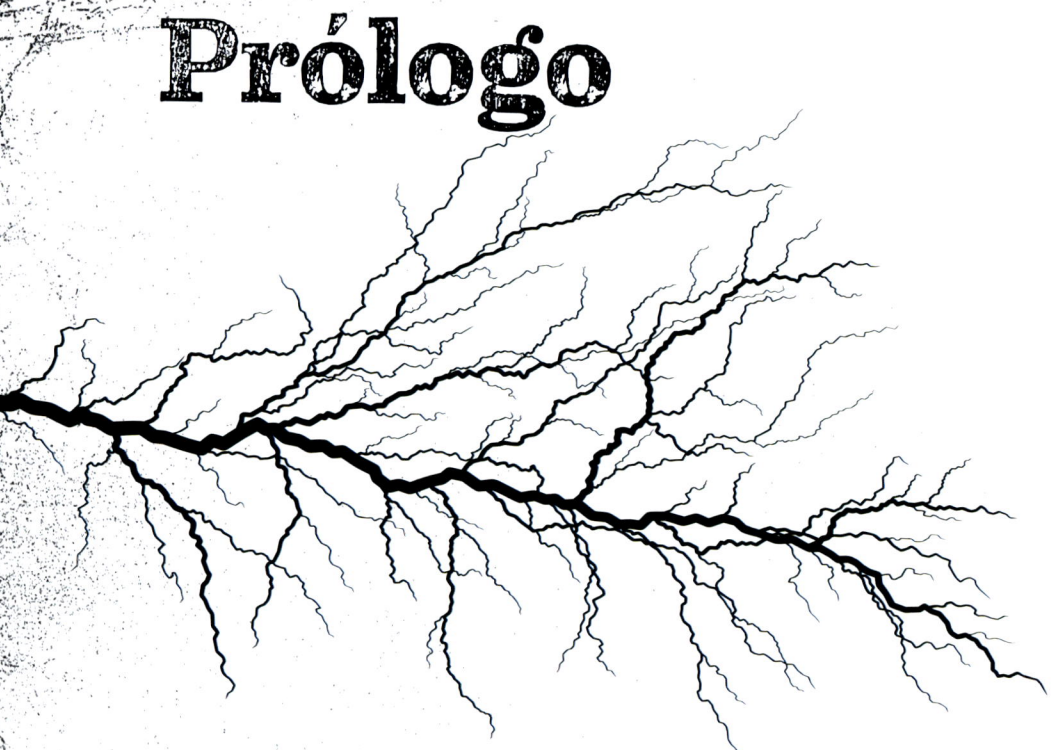

ANOCHE SOÑÉ QUE volvía Frankenstein, el demonio. O quizá no era sueño, quizá el sueño fue lo que vino después. Estaba al borde de mi cama, de pie; podía llevar horas allí, desde que logré dormirme, algo que me costó más de lo debido, quizá no tenía la conciencia del todo tranquila ayer o era tan solo la tormenta. Me miraba como mira él, de manera menos intensa de lo que se podría imaginar, eso —me di cuenta— aún lo recordaba. Frankenstein nunca te (me) apabulla, más bien te (me) interroga, aunque no sepas la pregunta, porque es parco en palabras, pero su gestualidad, aunque poco variada, resulta eficiente, y aquella mano nervada sobre su mejilla acentuaba su aire meditabundo. Yo debía empezar a escribir un libro sobre él y era yo quien albergaba preguntas, pero no me salieron, quizá fuera que en verdad era un sueño mudo o tan solo la sorpresa natural de ver al pie de la cama al monstruo que te fastidió la infancia.

Antes venía a verme a menudo; tampoco digo a diario, era por rachas, semanas alternas de los meses con «r», algo así. No era lo mismo entonces que ahora, está claro, con seis años me parecía feo y terrorífico y

Ana Torrent, la niña que busca desde la cama al monstruo, en *El espíritu de la colmena* (Víctor Erice, 1973).

llamaba a mis padres para que me lo espantasen, aunque siempre llegaban tarde. Tampoco tengo claro —o no tan claro como ayer— que lo *viese* realmente, quizá fuera la intuición de su presencia y mi imaginación pusiera el resto, porque su recuerdo era el del monstruo de Frankenstein cinematográfico, con sus tuercas, su peinado de bajo presupuesto o de peluquería rompedora y el traje negro de mangas cortas que vestía con gracia Boris Karloff. El de la víspera, sí lo tengo claro, era menos reconocible, más genérico, una mezcla entre el de James Whale y el de Kenneth Branagh, si es que esa mezcla puede imaginarse.

Con seis años yo no sabía casi nada de aquel monstruo, aunque lo que supiera ya fuese demasiado. Ignoraba quién era Mary Shelley, qué fue el año sin verano, quién era Prometeo, qué era el potencial eléctrico… qué se yo, a esas edades se ha de ignorar todo, *hey, teachers, leave the kids alone*. Me pregunto, ¿qué era *aquello que sabía*? ¿Por qué un niño de seis años ha de temer a Frankenstein —no he dicho el *monstruo*, el *engendro*, el *demonio*, como lo ninguneaba su padre Víctor, quien le debía, como poco, el apellido—, si no ha leído el libro, ni visto la película? Supongo que con esa edad ya te lo encuentras por tu hasta entonces

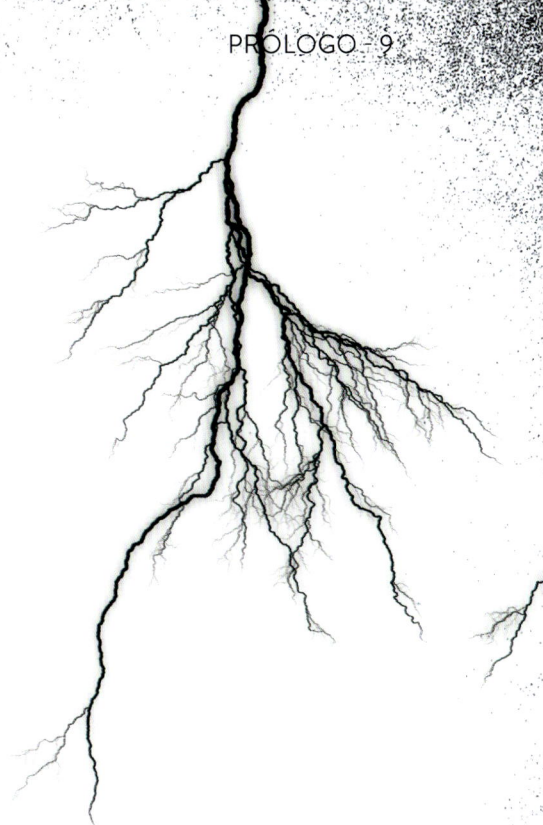

corto camino, en pegatinas, en los cromos que intercambias, en algunos dibujos animados; quizá en el patio del colegio ya hubiésemos jugado a los monstruos y el niño que peor me caía, el más insoportable y feo, se hubiera pedido Frankenstein. O quizá —y esta es mi opción favorita, por puro postureo, por vanidad retrospectiva— mis padres tuvieran puesta en la tele *El espíritu de la colmena*, que dirigió Víctor Erice y en la que aparece el monstruo, y yo estuviese sin pretenderlo frente al televisor recién comprado en color —primeros de los años ochenta—, y asistiese, como su protagonista, a la proyección del primer *Frankenstein*. ¿Me quedé tan absorto como Ana Torrent? ¿Tuve esa noche la primera visita del monstruo? Sería tan redonda la historia que es difícil no engañarse con que sea cierta.

Anoche no estaban mis padres —o no cerca— para que con su poder sobrehumano de padres me lo quitasen de en medio. A mi mujer no la quise despertar, porque aún cabía la posibilidad de que fuera un sueño, o de que justo entonces diera un paso atrás y se fundiera en las sombras, y entonces convertirme yo en el hazmerreír de la próxima comida de amigos, y eso sí que no. Pero, en realidad, no lo hubiera hecho por socializar mi miedo, porque no lo había, si acaso quería compartir la vivencia, juntos es más y mejor. La presencia no resultaba terrorífica, si acaso incómoda, al igual que si hubiera estado allí mi cuñado o un vecino, gente de confianza pero que te parece raro que te escruten de madrugada. Al fin y al cabo, a la gente nunca la conoces del todo y vete a saber qué traman, y Frankenstein ya me había visitado varias veces antes y, reconozcámoslo, no había sucedido gran cosa, por aquí ando.

Los años nos hacen ganar en conocimiento y templanza, incluso a mí, y por eso dejé pasar unos minutos antes de plantearme hacer nada. Frankenstein me seguía mirando, sin importarle que yo hiciera lo mismo, quizá esperaba a que yo le preguntase todo lo que yo necesitaba saber

El Frankenstein de la infancia era el de Boris Karloff, siempre dispuesto a aparecer en nuestra habitación.

para escribir el libro. Las noches anteriores estuve releyendo la novela y recordé su verdadera historia, que no es la del cine, ese monstruo es como un mellizo enviado a California, mientras que el de Shelley se quedó en Boston y la vida los trató de manera muy diferente; ambos pobres de solemnidad, eso sí, pero aquel infantil y torpe, y este culto, letraherido y ágil. Uno peligroso por tener un cerebro de criminal, otro por tener un corazón dolido por la repulsión que genera. Ambos muñecos rotos, maniquíes desechados que buscaban un poco de mimos. ¿A cuál de los dos me enfrentaba –de tenerlo *enfrente*, no se barruntaba batalla–, quién vino a verme o qué ensoñación –aunque cada vez parecía más real– me envolvía? Tampoco era eso el quid de la cuestión, sería quien tuviese que ser, yo sabía que el tiempo se me agotaba y quién sabe cuándo me iba a encontrar en las mismas. He escrito varios libros sobre personajes célebres, lo que hubiera dado por hablar con Leonardo, con Agatha, con Nikola… O quizá me hubiera sucedido como ayer, que no era capaz de reaccionar a lo que, pese a las intempestivas formas, era una suerte.

Quizá consciente de eso, Frankenstein dejó los pies de mi cama y la rodeó hasta llegar a mi lado –el derecho, visto desde su posición–. Pese a ser tan alto no hizo ruido alguno, o no el suficiente (vaya para los que apuesten por la teoría del sueño) y se inclinó hasta la altura de mi oído izquierdo. Insisto, ningún miedo, no me sentía amenazado, tan solo un poco invadido en mi intimidad y, ahora, en mi espacio físico. Acercó su boca, maloliente (vaya por los del suceso inexplicable) y me susurró una frase, que era la que yo necesitaba oír. No, vosotros no, es un asunto privado, pero también os aprovechará, porque será de gran utilidad para la escritura de este libro. ¿Os vale un *Rosebud*, un *Volveré*, un *Soy un berlinés*?

Lo que sí puedo decir es lo que sucedió luego, lo que ha sucedido hace apenas un rato, porque creo que esta noche no he soñado (pero solo es un creer). Tras acabar sus palabras, se agachó aún más, se arrodilló y postró su enorme cuerpo en el suelo, y de ahí rodó hasta meterse debajo de la cama, donde, como me temía, habita desde tiempos inmemoriales.

El verano sin verano en Villa Diodati

Los días que acunaron la novela

Frankenstein es una novela que ha pasado a la historia; curiosamente, el *cómo se hizo* no resulta menos célebre, puesto que se conoce el germen de la idea. Todo comenzó por una reunión de jóvenes talentosos y (más o menos) rebeldes a orillas del lago Leman, en un verano frío y desapacible. Para combatir el aburrimiento (algo que cada vez se reivindica más), se retaron a escribir historias de terror. Por un lado surgió el monstruo de Frankenstein y, por otro, nada menos que la simiente de Drácula.

EL 24 JUNIO DE 2024, el suroeste de Suiza recibió, en apenas una tarde, 13 000 rayos; un año antes, fueron 50 000 en una noche de lo más eléctrica. El pacífico país helvético es uno de los más aguerridos en cuanto a tormentas se refiere; algo tendrá que ver su perfil montañoso, que atrae sin cesar gigantescas nubes –vapor de agua, pero que bien parecen un denso e impenetrable rocío de plomo–, dispuestas a chocar entre sí en una batalla incruenta, pero no muda: a cada rayo le sigue su trueno, todo un festival de percusión. La lluvia, a menudo en tromba, acompaña esas tormentas y forma riadas que causan grandes daños. Ese mismo 24 de junio, día de San Juan, murieron ahogadas cuatro personas.

Es la contrapartida de una naturaleza que, por lo general, bendice al país con un paisaje estremecedor, por bello. Y que atrae a millones de turistas cada año. No es cosa de nuestros días, ya sucedía en el siglo XIX.

Los viajeros ingleses

En 1816 el turismo resultaba algo marginal en comparación con lo que es hoy, pero ya existía y medraba. Este fenómeno, tal y como lo entendemos hoy, es hijo de la Revolución industrial, que permitía a los más acomodados el lujo de visitar otros países con el capital y el tiempo que les sobraba. Algunos jóvenes ya lo percibían como algo natural, sobre todo en Inglaterra. Cinco de ellos eran George Gordon, John William Polidori, Claire Clairmont, Percy Bysshe Shelley y Mary Wollstonecraft; sin duda, los protagonistas de nuestra hermosa historia de terror.

Como veremos más adelante en el capítulo dedicado a Mary (Godwin, Wollstonecraft o Shelley, según el momento), la joven y su pareja Percy Shelley vivían un periodo de relativa bonanza económica, después de muchos meses con el agua al cuello. El abuelo de Percy, *sir* Bysshe

Una tormenta sobre el lago Leman, con Ginebra al fondo.

Shelley, había muerto y le tocó en gracia una pequeña fortuna. Mary acababa de dar a luz al segundo hijo de la pareja (la niña que nació un año antes falleció a los pocos días) en enero de 1816. Ambos pensaron que les vendrían bien unas semanas de descanso por Europa, ahora que Napoleón había sido encerrado en medio del Atlántico y que el continente respiraba. Junto con el pequeño William y con Claire Clairmont (la hermanastra de Mary, a quien estaba muy unida) decidieron viajar a Ginebra en mayo, donde les esperaba su amigo George Gordon, junto con su médico y secretario John William Polidori. A George Gordon lo conocemos por su sobrenombre, mucho más popular: Lord Byron.

Jóvenes alocados y talentosos

No eran ricos, pero sí una especie de élite intelectual, al menos en cuanto a las letras se refiere. Unos jóvenes románticos –tanto en lo cultural como en lo afectivo–, de elevada formación liberal y practicantes –a su manera, y unos más que otros– del amor libre. Clairmont estaba embarazada de Byron –tuvieron un romance en marzo, antes de partir este a Europa– y convenció a Mary y Percy de viajar a Suiza para pasar las vacaciones… e «informar» a Byron de su estado. Este se jactaba de que ella era tan solo una amante pasajera, a quien nunca había dado alas. En unas cartas se expresó así acerca de ella:

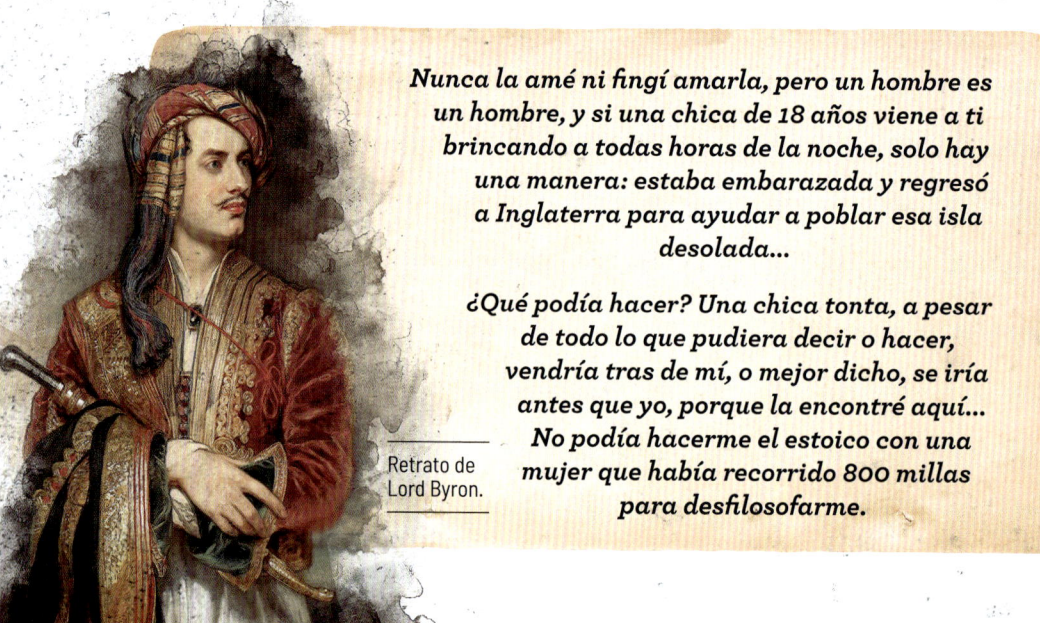

Retrato de Lord Byron.

Nunca la amé ni fingí amarla, pero un hombre es un hombre, y si una chica de 18 años viene a ti brincando a todas horas de la noche, solo hay una manera: estaba embarazada y regresó a Inglaterra para ayudar a poblar esa isla desolada…

¿Qué podía hacer? Una chica tonta, a pesar de todo lo que pudiera decir o hacer, vendría tras de mí, o mejor dicho, se iría antes que yo, porque la encontré aquí… No podía hacerme el estoico con una mujer que había recorrido 800 millas para desfilosofarme.

EL *GRAND TOUR*

Desde finales del siglo XVII, se estilaba en las familias inglesas más adineradas enviar a sus hijos al continente europeo para que completasen allí su formación. Eran los descendientes de los aristócratas, los futuros mandatarios de la nación, así que contemplar, de primera mano, un poco del esplendor de la cultura clásica de Roma, Florencia, París o Atenas les iría bien. En muchas ocasiones se trataba de un largo periodo de tiempo, a menudo de entre tres y cinco años. ¿No nos recuerda esto a un Erasmus de clase alta? En efecto, durante esa estancia se empapaban de lo mejor de otras culturas, para luego –en teoría– aplicarlo en sus desempeños profesionales en su país.

Aquella costumbre se extendió a las clases acomodadas de otros países europeos, incluso a Estados Unidos. Prosperó a lomos de la Ilustración –que entronizaba el conocimiento– y la experiencia pasó a ser conocida como el *Grand Tour*. De aquí nos llegan las palabras 'turismo' o 'turista'. El lago Como, en el norte de Italia, fue posiblemente el lugar más frecuentado por aquellos jóvenes *touristas*. El *Grand Tour* también propició el auge de un género exitoso: la literatura de viaje.

El viaje que emprendieron en 1816 Mary Wollstonecraft Godwin y sus amigos, aunque no pretendía ser tan largo en duración, bebía sin duda de aquel espíritu. Hoy se replica –aunque, afortunadamente, para un abanico mucho mayor de la población– en el citado programa Erasmus y otros similares, o en el año sabático o *gap year* que multitud de jóvenes disfrutan en el extranjero para aprender un idioma y completar su formación antes de ingresar definitivamente en el mercado laboral.

A la derecha, una imagen del libro *The Innocents Abroad* (1869), el libro más vendido en vida de Mark Twain, que relata con humor sus cinco meses de viaje por la *vieja* Europa.

Por *cuestiones* así, Byron era el hombre *de moda* en Europa, escándalo tras escándalo, acompañado, eso sí, de un innegable talento literario. Esa relación dio como resultado a una hija, Alba (después llamada Allegra) de corta y atribulada vida, ya que ni uno ni otra la quisieron a su lado de manera estable, aunque Byron se hizo cargo de su manutención y gastos. Tuvo infinidad de tutores a lo largo de sus cinco años de vida, de carácter terrible como juguete roto que era, hasta que murió de fiebres altas, quizá tifus, en el convento donde la cuidaban.

Pero volvamos al inicio de ese viaje hacia Ginebra, la capital del cantón más occidental de todos los que forman Suiza. Allí llegaron el 14 de mayo los integrantes de la familia Shelley, más Claire, y en un principio se alojaron en un hotel de Sécheron, un barrio ginebrino. Once días después aparecieron por allí Byron y Polidori; llega el poeta al hotel de Sécheron como se espera que aparezca un héroe romántico, a medianoche, en un faraónico carruaje que imitaba al de Napoleón, tras un viaje

Grabado (coloreado digitalmente) de la Villa Diodati, con Byron incluido, en un libro de mediados de la década de 1830.

LA VILLA DIODATI

Cuando la alquiló Lord Byron, la Villa Diodati no se llamaba así. Era la Villa Belle Rive («orilla hermosa»), construida hacia 1710 por la familia Diodati, parientes lejanos del traductor italiano Giovanni Diodati, el primer protestante que tradujo la Biblia

al italiano. Como su sobrino Charles fue amigo íntimo del escritor inglés John Milton (*El paraíso perdido*), se afirma en una placa que este visitó la casa en 1638. Pero resulta imposible; con suerte, pisaría esa finca.

Byron alquiló la propiedad del 10 de junio al 1 de noviembre de 1816. Pronto empezó a llamarla Villa Diodati, en referencia a esa ilustre familia. Su apelativo hizo carrera, sobre todo a partir de la muerte del poeta inglés. Desde entonces, se convirtió en un lugar de peregrinaje para todos aquellos que admiraban a Byron, icono del Romanticismo, que eran muchos.

En cualquier caso, desde su levantamiento, sí que recibió a ilustres huéspedes (se afirma que tanto Voltaire como Jean-Jacques Rousseau, y es seguro que Honoré de Balzac, quien la cita en su novela de 1836, *Albert Savarus*). En 2011 fue restaurada como apartamentos individuales que, ya se sabe, es más rentable. Ojalá procure encuentros tan provechosos como aquel del verano de 1816.

Arriba: vistas desde el jardín de la finca. Abajo: edificio principal de la Villa Diodati.

Claire Clairmont, la hermanastra de Mary Wollstonecraft Godwin, en un retrato de Amelia Curran (1819).

turístico al campo de batalla de Waterloo, donde se había jugado la historia de Europa. Ese carruaje negro, diseñado ex profeso, era el equivalente a las completas autocaravanas de hoy. En ella, además de los dos ingleses, viajaba el diván de Byron, su biblioteca de viaje y su menaje. Toda una inversión que, eso sí, nunca llegó a pagar. Byron falleció en 1824, sin haber completado el pago.

El encuentro

Al día siguiente, las dos *expediciones* se encontraron. No fue un encuentro casual: sabemos que Claire buscaba a Byron. Aquel hotel solo era una parada de emergencia hasta encontrar algo más a la altura del hombre-mito. Unos días después, Byron y Polidori, más pudientes, alquilaron la ostentosa Villa Diodati, también a la orilla del lago Leman, en la comuna de Cologny, cercana a Ginebra. Clairmont y los Shelley —por entonces, Mary ya firmaba como Mary Shelley— rentaron la algo más humilde Maison Chapuis como su lugar de residencia, no muy lejos

Óleo que retrata a John William Polidori, obra de F. G. Gainsford (c. 1820).

de la de sus compatriotas. El paraje es precioso, lo recomendamos para cualquiera que tenga aún más ahorros que tiempo.

Byron —ya avisábamos que su vida era más tumultuosa que modélica— se refugiaba en aquel apacible lugar para salir del agobio que le resultaba el escrutinio público en Inglaterra, tras el escándalo de su separación de su esposa Anne Isabella Byron, undécima baronesa de Byron, los rumores de un romance con su hermanastra Augusta Leigh —a quien supuestamente habría dejado embarazada— y el aumento constante de sus deudas. En actos sociales, la gente lo desairaba. Afirmaba el Lord que le aconsejaron no acudir al teatro para que no lo abucheasen y no ir al parlamento para no ser insultado por el camino. Necesitaba nuevos aires, pero tampoco encontraría en Ginebra la «paz» que necesitaba, ya que al poco de aparecer Claire Clairmont —pese a un primer rechazo— recomenzaron su relación, aunque solo a nivel sexual. Ella era una adolescente aspirante a actriz, él un afamado escritor, parte de la dirección del Teatro Drury Lane (aún en activo y el decano) de Londres.

En cualquier caso, así empezaba un verano como los de antes, con tiempo libre por delante, ilusiones, amor, feromonas volando, un lago en el que bañarse (semi)desnudos, unas montañas a las que subir, libros que leer, siestas que disfrutar solo o en compañía, y todo bajo el suave compás del sol helvético.

Un momento, quizá nos hemos venido arriba con los tópicos, porque lo del sol parece que sobra.

El año sin verano

El mundo no sabía por entonces lo que era el cambio climático, la quema de combustibles fósiles estaba por entonces en pañales, pero quizá el mayor cambio climático —y el más rápido, desde luego— que había vivido hasta entonces la humanidad estaba en marcha (ver el recuadro de abajo). Uno que vino y se fue rápido, pero que dejó notables consecuencias.

EL AÑO DE LA POBREZA

El 5 de abril de 1815, el volcán Tambora, en la isla indonesia de Sumbawa, entró en erupción. Fueron cerca de cuatro meses expulsando cenizas y humo. La erupción liberó una cantidad de energía equivalente a 800 megatones —cuatro veces mayor que la del volcán Krakatoa, de 1883— y expulsó unos 150 000 millones de toneladas de materiales sólidos ricos en azufre. Las detonaciones se oyeron a 2 600 km de distancia. Antes de la explosión, el Tambora tenía unos 4 300 m de altura; quedó reducido a 2 850 m.

A este suceso se le unió la circunstancia de que el planeta aún estaba atravesando la Pequeña Edad de Hielo, un período frío que abarcó desde comienzos del siglo XIV hasta mediados del XIX; también intervino un ciclo de baja actividad solar, desde 1790 hasta 1830, conocido como mínimo de Dalton. Ha quedado registrado que aquel verano fue el más frío conocido desde 1766. A nivel mundial, la temperatura descendió entre 0,4–0,7 °C y las consecuencias fueron desastrosas, ya que lo hicieron de manera muy repentina. Muchas cosechas se echaron a perder, la lluvia se triplicó en algunas zonas del mundo (como en los polos) y nevó

A nuestros protagonistas, que buscaban un verano inolvidable en un lugar idílico de Centroeuropa, les afectó de lleno. Visto con perspectiva, para bien, aunque a ellos no les tuviera que hacer mucha gracia. Eran artistas, sí, pero eso nunca ha estado reñido con un cierto fervor por el traje de baño. Que se lo digan a Picasso.

Así que esos primeros días de junio distaban mucho de ser un verano idílico. El efecto mariposa (una de dimensiones colosales, eso sí) quiso que la humareda de un volcán en Indonesia recluyera bajo el mismo techo a cinco personas (seis, con el bebé William), a más de 12 000 km de distancia, como si fuera un aperitivo de la globalización. El sol, lejos de salir, se ocultaba tras unas nubes que habían decidido adueñarse del lago Leman. Hacía un frío inusual hasta para esa altitud y latitud. Y empezó a llover, a diluviar, sin esperanzas de que fuera a mejorar. Los pronósticos del hombre del tiempo aún no habían aparecido, quedaba casi un siglo y medio para el lanzamiento de los primeros satélites me-

en abundancia en lugares cercanos al ecuador. Todo esto generó un alza descomunal de los precios de los alimentos (en algunos productos, se multiplicaron por ocho) e importantes protestas, disturbios y saqueos en varios países.

Suiza fue, sin duda, el país europeo que padeció con más rigor las inclemencias meteorológicas de aquel verano. La hambruna forzó al gobierno a declarar emergencia nacional. No parece que nuestra cuadrilla de protagonistas llegase a pasar hambre.

Cráter del volcán Tambora, en la actualidad.

teorológicos, pero no había que ser muy listo para intuir que aquello no era normal.

Byron invitó a sus amigos a pasar unas noches en su espaciosa y temporal mansión, hasta que escampase. O quizá fueron ellos los que, criatura en mano, le pusieron cara de pena, tal vez su Maison Chapuis era un húmedo coladero de goteras, insalubre para el bebé. Quién sabe, eso no importa, parece que eran un grupo bien avenido, que disfrutaban de sus paseos en barca, de las clases de italiano, de los almuerzos despaciosos y, por supuesto, de aquello que más los unía: su amor por la literatura.

La apuesta

En el verano de 1816 visitamos Suiza y fuimos vecinos de Lord Byron. Al principio, pasábamos nuestras agradables horas en el lago, o vagando por la orilla; y Lord Byron, que estaba escribiendo el canto tercero de Childe Harold *era el único de nosotros que pasaba al papel sus pensamientos.*

Así explica esos días Mary Shelley en el prólogo que escribió para la reedición de *Frankenstein* en 1831, unos poco párrafos pero que resultan de capital importancia para conocer cómo se gestó la novela. Allí mismo señalaba que «ese fue un verano húmedo y desagradable, y la lluvia incesante a menudo nos confinaba en casa durante días». Tres noches, tres, fueron las que compartieron, contemplando por los ventanales cómo caían los rayos y, segundos después —en ocasiones, de manera casi inmediata— el estruendo de los truenos, que a buen seguro estimularían los lloros del pequeño William. En ese escenario un tanto lúgubre —pero también hermoso—, fue Lord Byron el que pronunció una frase que cambió la historia de la literatura y, bien mirado, de la humanidad:

We will each write a ghost story.
(«Escribamos cada uno una historia de fantasmas»).

Prólogo de Frankenstein *(edición de 1831).*

Feliz idea la del bardo inglés. Cómo no hacer caso al anfitrión, quien además era una celebridad literaria (Percy Shelley, casi). Y era una excelente idea, el clima acompañaba, y los libros disponibles, también. En la biblioteca de la casa encontraron varios libros de terror, como por ejemplo *Fantasmagoriana*, una recopilación de cuentos de temas fantásticos, traducidos en 1812 del alemán al francés.

> *En nuestras manos cayeron algunos volúmenes de relatos de fantasmas traducidos del alemán al francés. Entre ellos estaba la Historia del amante inconstante, el cual, creyendo abrazar a la desposada a la que había dado su promesa, se descubría en brazos del pálido fantasma de aquella a la que había abandonado [...]. Yo también me dediqué a pensar una historia; una historia que rivalizase con aquellas que nos había animado a abordar una empresa. Una historia que hablase a los miedos misteriosos de nuestra naturaleza y despertase un horror sobrecogedor; una que hiciese mirar en torno suyo al lector asustado, le helase la sangre y le acelerase el pulso del corazón. Si no lograba estas cosas, mi historia de fantasmas sería indigna de tal nombre. Pensé y medité... pero no llegaba el resultado.*

EN ESAS NOCHES TÉTRICAS
TAMBIÉN HABLARON DE LOS
SORPRENDENTES AVANCES
DE LUIGI GALVANI CON LA
ELECTRICIDAD Y DE LAS TEORÍAS
DE ERASMUS DARWIN (ABUELO
DE CHARLES) SOBRE EL ORIGEN
DE LA VIDA.

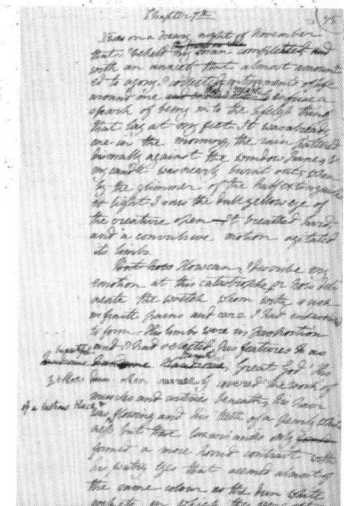

A la derecha, manuscrito de la primera página de *Frankenstein*.

Polidori, Percy y Mary aceptaron la propuesta y se pusieron manos a la obra. Claire no, o bien no se sentía a la altura, o bien estaba aún pensándose si decirle o no a su amante que estaba embarazada de él. Byron y Shelley, más dados a la poesía que a la «trivialidad» (en expresión de Mary) de la prosa, cejaron pronto en sus esfuerzos.

El primero comenzó un cuento de vampiros sobre dos viajeros en Grecia, en el que uno de ellos realiza un singular juramento antes de morir. Esta historia la dejó pronto a medias, quedando embutida en su legajo de papeles. Cuando, tres años después, se le atribuyera equívoca (o maliciosamente) la autoría de *El vampiro* (ver el recuadro en la página siguiente), Byron envió su relato inconcluso a su editor para que lo publicara y «limpiase» su nombre, pero este tan solo lo encajó al final del poema Mazzepa, con el título *Un fragmento* (también se lo conoce como *El entierro* o *August Darvell*). Shelley comenzó un relato basado en experiencias de la primera etapa de su vida, que tenía que ver con un fantasma hecho de cenizas; como decíamos, poco le duró el impulso. A Polidori, según Mary, «se le ocurrió una idea terrible sobre una dama con cabeza de calavera, castigada de ese modo por espiar por el ojo de una cerradura», que tampoco acabó. La joven, por entonces una entusiasta lectora de 18 años, se lo tomó más en serio. Sin embargo, no encontraba un enganche para su historia.

POLIDORI, *EL VAMPIRO* Y *FRANKENSTEIN*

De estos días oscuros en Ginebra surgió el monstruo de Frankenstein, sí, pero también la simiente de Drácula, posiblemente las dos máximas autoridades del terror del siglo xx. Y fue posible gracias al «pobre Polidori» (en palabras de Mary Shelley), que retomó el relato inconcluso de su empleador/enemigo Lord Byron y lo amplió en el relato *El vampiro*, una narración fundacional para el venidero imperio de los chupasangres. La historia cuenta la relación entre un joven llamado Aubrey y Lord Ruthven, un misterioso aristócrata que se instala en la alta sociedad de Londres. Por primera vez, el vampiro deja atrás su origen folclórico y aparece como un noble seductor y enigmático, que se provee de esas armas para conseguir sus víctimas.

La obra se publicó en 1819. En la portada aparecía: «Un cuento de Lord Byron». No queda claro si por error o por perversión del editor (apostamos por esto último, no todos tienen la moral de las que aquí ejercen), que sabría que todo lo que llevase el nombre del escandaloso Byron se vendería mucho, muchísimo más. De hecho, Polidori protestó y consiguió que se eliminase el nombre de Byron de la portada; pero no pusieron el suyo. La obra gozó de un éxito popular inmediato, subida a la ola del terror gótico. Se realizaron adaptaciones teatrales, y el afamado autor francés Charles Nodier escribió la suya, lo cual popularizó a nivel europeo la figura del vampiro aristócrata. De aquellos polvos de primeros de siglo, a los lodos de 1897 con el *Drácula* de Bram Stoker.

Una de las razones (o excusas) para la confusión de la autoría de *El vampiro* es que su protagonista, Lord Ruthven, luce igual apellido que el de *Glenarvon*, novela escrita por Lady Caroline Lamb, antigua amante de Byron, en la que ese personaje es un indisimulado retrato –negativo, corrupto– de Byron. Ya decíamos que el poeta estaba en todas las salsas. No se descarta que el ominoso Ruthven de Polidori fuera también un dardo contra su antiguo amigo. Sobre su relato, Polidori afirmó: «Si bien la base es sin duda de Lord Byron, su desarrollo es mío». Puede que aquel ninguneo hundiese aún más el ya decaído ánimo de Polidori, o quizá fueran las deudas de juego; o, tan solo, el espíritu exagerado del Romanticismo: Polidori se suicidó con cianuro, el 24 de agosto de 1821, con 25 años.

> *—¿Has pensado una historia? —me preguntaban cada mañana; y cada mañana me veía obligada a contestar una mortificante negativa.*

Pero la tarea principal de un escritor —dicen los que saben— es estar alerta, ser observador. Mary comenzaba a ser una escritora, estaba saliendo de la crisálida. Le bastó con escuchar las conversaciones entre Percy y Byron («de las que fui oyente fervorosa aunque casi muda») y dejarse ensoñar por sus disquisiciones sobre el origen de la vida.

Esos sueños de la razón le produjeron monstruos, como el aguafuerte de *Los caprichos* de Goya. Una noche, «La idea se apoderó de tal modo de mi mente que me recorrió un escalofrío de miedo». Un estudiante daría vida, mediante electricidad, a un cadáver. Y le horrorizaría.

Ahí está, eso es *Frankenstein*.

El adiós

Diluido el mal tiempo —el extremo, al menos— Byron y Shelley hicieron excursiones al lago Leman, a Évian, a Meilleire y al pintoresco castillo de Chillon. Allí permanecieron hasta finales de agosto. Fue un verano provechoso, al menos desde un punto de vista intelectual. Sus pieles anglosajonas siguieron igual de claras, no fue un verano cálido. Byron y Polidori permanecieron en Villa Diodati hasta agotar el arrendamiento, a primeros de noviembre. Tuvo que ser una convivencia poco agradable la de estos dos hombres, porque en algún momento (antes o después de marchar de las orillas del lago), Byron despidió a Polidori y cada cual tomó su propio camino. Polidori viajó por Italia antes de volver a Inglaterra. Byron hizo lo propio, y allí se quedó hasta que en 1823 decidió unirse al movimiento independentista griego, que buscaba escindirse del dominio otomano. Allí murió, enfermo y admirado, en 1824.

Su vivencia de aquel verano sin verano la plasmó, de manera indirecta, en un poema tan evocador como *Oscuridad*:

Tuve un sueño, que no era del todo un sueño.
El brillante sol se apagaba, y los astros
vagaban apagándose por el espacio eterno,
sin rayos, sin rutas, y la helada tierra
oscilaba ciega y oscureciéndose en el aire sin luna;
la mañana llegó, y se fue, y llegó, y no trajo consigo el día,
y los hombres olvidaron sus pasiones ante el terror
[...]

Los Shelley y Clairmont volvieron a Inglaterra y se instalaron en Bath, hermosa ciudad balneario desde la época romana. Allí nació Alba/Allegra y Mary compuso la gran mayoría de su novela *Frankenstein*. Las vacaciones en Suiza, aunque pasadas por agua, resultaron bien fértiles.

Byron en su lecho de muerte, de Joseph-Denis Odevaere (1826), Groeninge Museum, Brujas (Bélgica).

Frankenstein, una novela monstruosa

El cómo se hizo y lo que ha supuesto

Más que un sutil ejercicio de estilo, la novela de Mary Shelley ha triunfado por su imaginación sin estridencias y por plantear unos dilemas morales de gran trascendencia. ¿En qué se basó Mary, con sus escasos 18 años, para levantar una historia tan universal? En este capítulo damos pistas sobre lo que le pudo inspirar y cómo lo fue plasmando por escrito. Para nuestra fortuna, el recorrido de *Frankenstein*, desde la pluma de su autora hasta su publicación en 1818, está bien documentado.

SE PUBLICÓ EL 1 de enero de 1818, como si hubiera prisas por empezar el año, como si Mary Shelley supiese que aquella novela la iba a encumbrar por los siglos de los siglos. Y no lo sabía, como no lo sabe ningún escritor con antelación, y menos uno primerizo. Si Mary hubiera vivido nuestros tiempos, de la inmediatez, del boca a boca, de las redes sociales, de las adaptaciones fastuosas al cine, a los musicales, quizá sí, sí habría recogido las mieles de su triunfo y habría vivido una vida más feliz y sosegada. O no, porque –como veremos más adelante– las desgracias que la rodearon estuvieron más relacionadas con los caprichos de la Muerte que con la escasez –relativa– de dinero que en ocasiones le acechó. En todo caso, el éxito de *Frankenstein* fue una carrera de fondo que su autora apenas disfrutó. Ella falleció tras labrarse una notable trayectoria como novelista, editora y traductora, en un mundo dominado por los hombres, también en el ámbito editorial. El 1 de febrero de

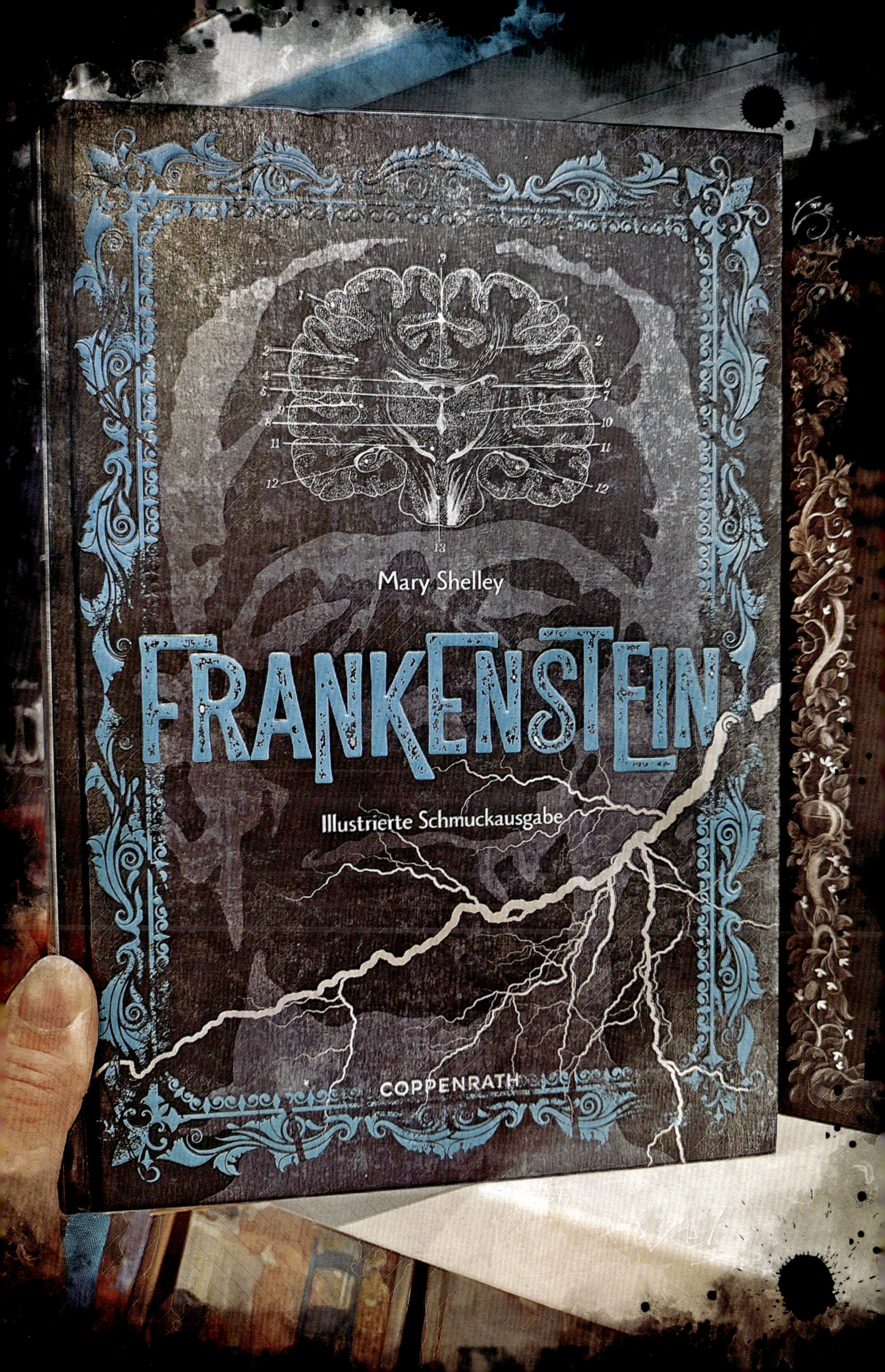

Mary Shelley

FRANKENSTEIN

Illustrierte Schmuckausgabe

COPPENRATH

1851, cuando murió, *Frankenstein* era, si acaso, la novela más conocida de su autora, también la hija de William Godwin y Mary Wollstonecraft, la mujer de Percy Bysshe Shelley, la amiga de Lord Byron. El tiempo ha sido benévolo y justo con Mary.

Una misteriosa primera edición

Como sabemos, Mary empezó a escribir *Frankenstein* tras la propuesta juguetona de Lord Byron en aquellas noches lluviosas de Ginebra, a orillas del lago Leman, a mediados de junio de 1816. Sin embargo, la mayoría del libro se escribió en Bath, entre el invierno de 1816 y el verano de 1817; la última revisión se hizo en Marlow, en septiembre de 1817. Por entonces, Mary acababa de cumplir 20 años y su único libro publicado era *Historia de un viaje de seis semanas*, literatura de viajes escrita junto a Percy Shelley, el año anterior. Algo diferente, pues, de la creación desde cero de una ficción pura, sin duda un gran reto para Mary y algo a lo que Percy la empujó, como ella misma indicaba en su prólogo a la edición de 1831, para la edición de Standard Novels.

> *Mi esposo, sin embargo, deseaba desde un principio que demostrase que era digna de mi herencia familiar y me inscribiese en las páginas de la fama. Me incitaba una y otra vez a que alcanzase un lugar de prestigio en la literatura, una idea que en aquel entonces me agradaba; aunque después me he vuelto del todo indiferente a todo eso. Por aquel entonces, Percy quería que escribiese, no tanto con idea de que lograse algo digno de llamar la atención, sino para poder tantear hasta dónde podría llegar yo en un futuro. Sin embargo, no llegué a escribir nada. Los viajes y los cuidados de la familia me ocupaban de continuo, y cualquier actividad literaria que acaparase mi atención se reducía al estudio, ya fuera en forma de lecturas o perfeccionando mis ideas al comunicarme con su mente, mucho más cultivada.*

Sin embargo, la primera edición de 1818 resultó deliberadamente ambigua: no la firmaba autor alguno y el prólogo estaba escrito en una

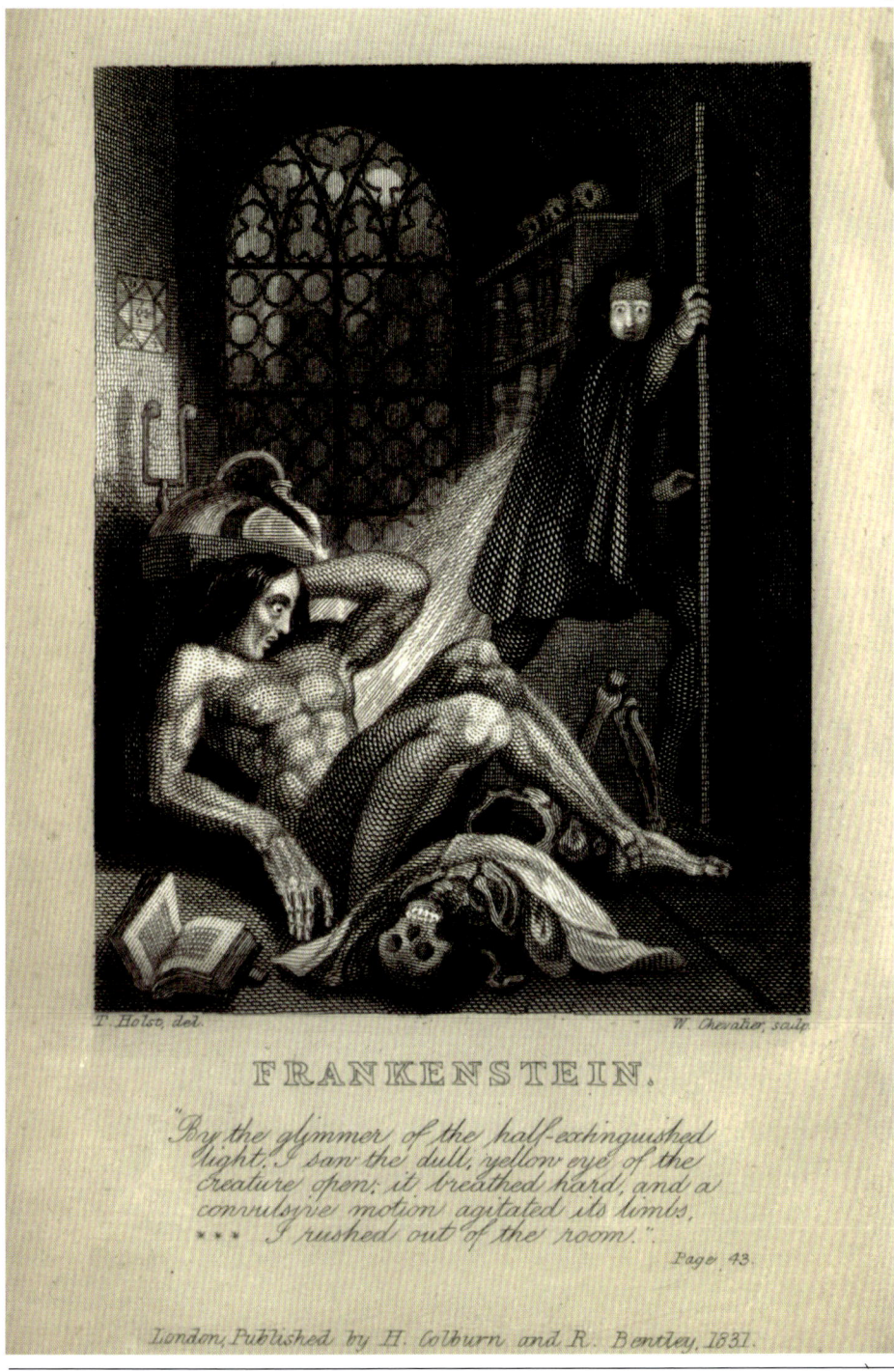

FRANKENSTEIN.

"By the glimmer of the half-extinguished light, I saw the dull, yellow eye of the creature open; it breathed hard, and a convulsive motion agitated its limbs.
*** I rushed out of the room."

Page 43.

London, Published by H. Colburn and R. Bentley, 1831.

Ilustración de Theodor von Holst del frontispicio de la edición de 1831.

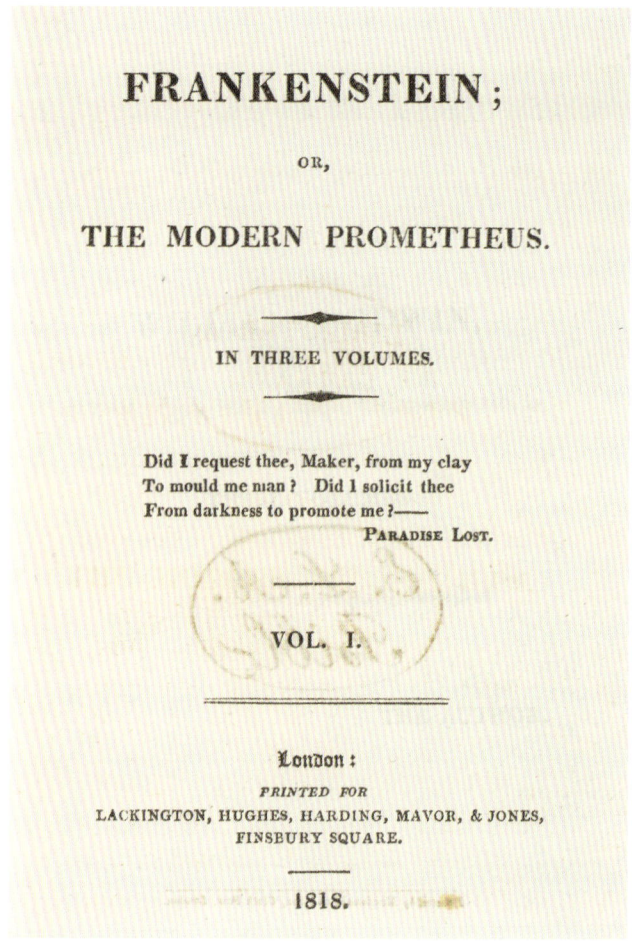

Página de título del primer volumen de la edición de 1818.

primera persona igualmente indeterminada. Algo que, con los años –y las maledicencias– ha generado ciertas controversias: ¿hasta qué punto influyó Percy en la escritura de *Frankenstein*? ¿Se le puede considerar coautor? ¿Por qué no aparece el nombre de Mary como autora en esa primera edición?

No deben existir dudas sobre el papel de Percy en el proceso de creación, corrección y publicación de la novela. Hubo, en algún momento, quienes adujeron que el poeta debía ser tratado como coautor, que Mary resultaba *demasiado joven* como para haber creado *ella sola* esa novela.

Por supuesto, Percy respaldó a su mujer durante el proceso de creación, y fue el primer lector y corrector de la obra. Se conserva el manuscrito original y en él se pueden ver las anotaciones y sugerencias de Percy, que son similares en volumen e intenciones al trabajo que cualquier editor actual realiza sobre un borrador antes de las galeradas (las pruebas de impresión). Incluso, en una carta de esos mismos meses, se expresaba así con Percy:

> *Al repasar las pruebas me ha parecido que saltan algunas brusquedades que he intentado arreglar [...]. Pero me encuentro cansada y mi lucidez ya no es la mejor, así que tienes libertad absoluta para efectuar las correcciones que desees.*

LAS RELIQUIAS DE *FRANKENSTEIN*

La Biblioteca Bodleiana de Oxford conserva desde 2004 los dos cuadernos donde se escribió en un principio *Frankenstein* –también el primer borrador en limpio para el editor–; uno de ellos fue comprado en Ginebra, el otro, de papel inglés, parece que en Bath. La novela fue dividida en 1818 en tres volúmenes, según el gusto de la época. Sin embargo, la segunda edición en inglés se publicó el 11 de agosto de 1823 en dos volúmenes (por G. y W. B. Whittaker), mientras que el 31 de octubre de 1831, apareció la primera edición en un solo volumen, publicada por Henry Colburn y Richard Bentley (Standard Novels).

En 2008, la Biblioteca Bodleiana publicó una nueva edición de *Frankenstein*, en la que se puede comparar el texto original de Mary Shelley con las adiciones e intervenciones de Percy Shelley: una pequeña joya para curiosos.

Edición de 2008, un facsímil del manuscrito original.

La publicación de la novela

Años después, consciente y consecuente con la aportación de Percy y de su propia valía, y quizá en respuesta–o anticipándose– a las *malas lenguas*, Mary escribió. «Ciertamente, no le debo a mi esposo la sugerencia de ningún incidente, ni apenas la secuencia de sentimientos, y sin embargo, de no ser por su incitación, nunca habría tomado la forma en que se presentó al mundo», escribió.

Queda también el interrogante de por qué Mary no aparece como autora en esa primera edición. El proceso de la publicación de *Frankenstein* se sigue a través de las cartas y diarios de Mary y Percy Shelley. Sabemos que en mayo de 1817 le entrega el primer borrador en limpio a John Murray, amigo de su padre y editor de Lord Byron. Murray felicita a la joven (aún con 19 años), pero le devuelve el ejemplar. William Godwin

y Percy siguen buscando editor durante ese verano, pero ante la falta de ofertas, Mary se decanta por aunar y completar los diarios de sus viajes por Europa y dar forma a *Historia de un viaje de seis semanas*, que sí que encontrará antes un editor, quizá por su tamaño, quizá por pertenecer a los libros de viajes, tan en boga por el *Grand Tour*, quizá por aparecer en él el siempre polémico –y, por tanto, comercial– Lord Byron. Se publica en noviembre de 1817 –también, otra vez, sin autor reconocido– y no hay constancia de que sirva como pilar para la publicación de *Frankenstein* (de hecho, esa decisión se tomó antes de la venta al público de *Historia…*). Pero, antes y ahora, *agitar el árbol* siempre ayuda: para que sucedan *cosas*, hay que generar *cosas*.

Sea como fuere, aquel agosto de 1817 iba a resultar muy fértil. A una *embarazadísima* Mary le llega la noticia de que a la editorial Lackington, Hughes, Harding, Mavor, & Jones –especializada en ocultismo y asuntos

sobrenaturales; curiosamente, era suya la traducción al inglés de las historias de fantasmas alemanas que habían leído durante las noches lluviosas de Ginebra– le interesa su libro. El 2 de septiembre nace su hija Clara, y en plena felicidad –suponemos– se confirma un acuerdo con la editorial. Se efectúan todas las correcciones que hemos reseñado –no solo de Percy, sino de ella misma y de su padre, William, experimentado editor– y su esposo escribe el prólogo. Este último, también sin firmar, aunque Percy lo hace en primera persona, dando voz a su esposa, sin citarla. Una dedicatoria a William Godwin y un título, *Frankenstein*, un subtítulo, *O el moderno Prometeo* y la ausencia del autor. Las razones de esto se nos escapan. No era, en cualquier caso, la primera vez que pasaba. Quizá porque era una mujer y no se estilaba; quizá porque aún estaba reciente el escándalo de la fuga de Percy y Mary, porque habían tenido hijos antes de casarse en diciembre de 1816. No lo sabemos; pero no fue porque Percy fuera coautor, ni porque intentase apropiarse de lo que no le pertenecía. Los críticos, por la dedicatoria, por lo que se comentaba en el mundillo, daban por sentado quién había escrito el prólogo y que el autor debía de venir del primer círculo de Godwin. Cinco años después, cuando llegó la segunda edición, ya todo el mundo conocía quién había escrito la novela.

FRANKENSTEIN DE RÉCORD

La primera edición de 1818 constó de 500 ejemplares, en octavo mayor (el equivalente lejano al libro de bolsillo actual). Un ejemplar de la primera edición de *Frankenstein*, escrito por Mary Shelley y una de las más importantes novelas de horror gótico, se vendió en una subasta por 1,17 millones de dólares en 2021, una cifra récord para una obra impresa escrita por una mujer. Era parte de la biblioteca del coleccionista Theodore Baum, y en esa subasta también salieron a la venta primeras ediciones de *Orgullo y prejuicio* y de *Sentido y sensibilidad*, ambos de Jane Austen (1775-1817), aunque las cifras alcanzadas fueron diez veces menores.

Recepción de *Frankenstein*

Sir Walter Scott, por ejemplo, elogió la novela en su reseña por su «originalidad, genio e imaginación poética», mientras que la *Quarterly Review*, indignada moralmente, se preguntaba «si está más enfermo la mente o el corazón del autor». En cualquier caso, en un principio no supuso un éxito de ventas; tampoco lo contrario; sin embargo, poco a poco se agotó y acabó por recaudar más dinero que todas las publicaciones anteriores de Percy juntas. Tras la adaptación de *Frankenstein* al teatro, la obra ganó notoriedad y Mary vio cómo le proponían una nueva edición en 1823. Esta, en dos volúmenes, revisada por William Godwin, contenía, además de

William Godwin, en un retrato de Henry William Pickersgill.

cambios en la ortografía y la puntuación, 114 variantes sustanciales. En 1831, Mary convenció al editor Richard Bentley para que incluyera la novela en su serie *Bentley's Standard Novels*. En esta ocasión, el libro alcanzó un éxito rotundo: se agotó prácticamente en el primer día y, semanas después, a la tirada inicial de 4 500 ejemplares le siguieron otros 5 000. Aquí, ya en un solo volumen, la autora revisó el texto en profundidad y escribió el prólogo que ya hemos citado. Así empieza:

> *Los editores de Standard Novels, al incluir* Frankenstein *para una de sus colecciones, me han solicitado que aporte algún dato sobre el origen de esta obra. Y accedo a su petición con gusto, puesto que así podré ofrecer una respuesta a la pregunta que tantas veces me han hecho: «¿Cómo, siendo yo una jovencita, llegué a pensar en una idea tan monstruosa?». Es cierto que soy muy contraria a hablar de mí misma en letra impresa; pero como esta nota va a aparecer como apéndice de otra anterior, y se va a limitar a cuestiones relacionadas con mi autoría, apenas puedo culparme de incurrir en una intrusión personal. No es extraño que, como hija de dos personalidades en el mundo de las letras, pensara muy pronto en escribir. De niña, ya garabateaba y mi pasatiempo favorito era «escribir cuentos». Sin embargo, cobijaba un placer más querido: hacer castillos en el aire, dedicarme a soñar despierta...*

Según el profesor Wolfram Benda, de la Universidad de Erlangen-Nuremberg, los grandes cambios de 1831 se encuentran en que «la visión políticamente radical y jacobina es sustituida por una visión políticamente conservadora y la radicalidad de la fábula se domestica». Es decir, Víctor Frankenstein ya no tiene parentesco con Elizabeth Lavenza, su prometida. En la edición de 1818 es hija de una hermana de su padre, que este adopta cuando queda huérfana: es su prima. En la de 1831 la madre de Víctor adopta a la niña huérfana —sin relación con los Frankenstein— después de encontrarla malviviendo con una familia muy pobre: se sustituyen los matices incestuosos con el ideal victoriano conservador del *ángel de la casa*. Además «a diferencia de la primera edición, se prefiere el principio del destino al principio del libre albedrío. La tendencia a la impotencia humana ante el propio destino hace que la nueva edición parezca más pesimista». Es más: en la edición de 1818 existe una crítica velada hacia las instituciones. En 1831, Mary era una mujer viuda con un hijo y posiblemente no quería causar polémicas, por lo que el tono de su crítica se reduce.

Hay que destacar que, hasta la década de 1970, la versión de 1831 era el único texto disponible de *Frankenstein*. Se daba por hecho que esa edición era el canon de la novela; sin embargo, algunos estudiosos y expertos literarios descubrieron la importancia y la calidad de la versión original y la publicaron. En la actualidad, lo habitual es que en las primeras páginas se indique qué versión tenemos entre nuestras manos.

El simbolismo de *Frankenstein*

Sí, muchos se asombraron por el éxito —creciente— de una novela creada por una adolescente. Antes y ahora también, a poco que lo pensemos. A los 18 años —cuando Mary empezó a escribir *Frankenstein*— los mejores escritores de cualquier generación, los consagrados, intentan esconder sus obras, que no se publiquen, ¡tan pudorosos ellos! Afirman, una y otra vez, que escribir es cuestión de experiencia, de pulir y pulirse, que no se escribe nunca mejor que el día antes de morir. Y posiblemente tengan razón: *Frankenstein* no es una obra maestra en lo técnico, ni siquiera un depurado ejercicio de estilo (queda muy lejos de eso). *Frankenstein*

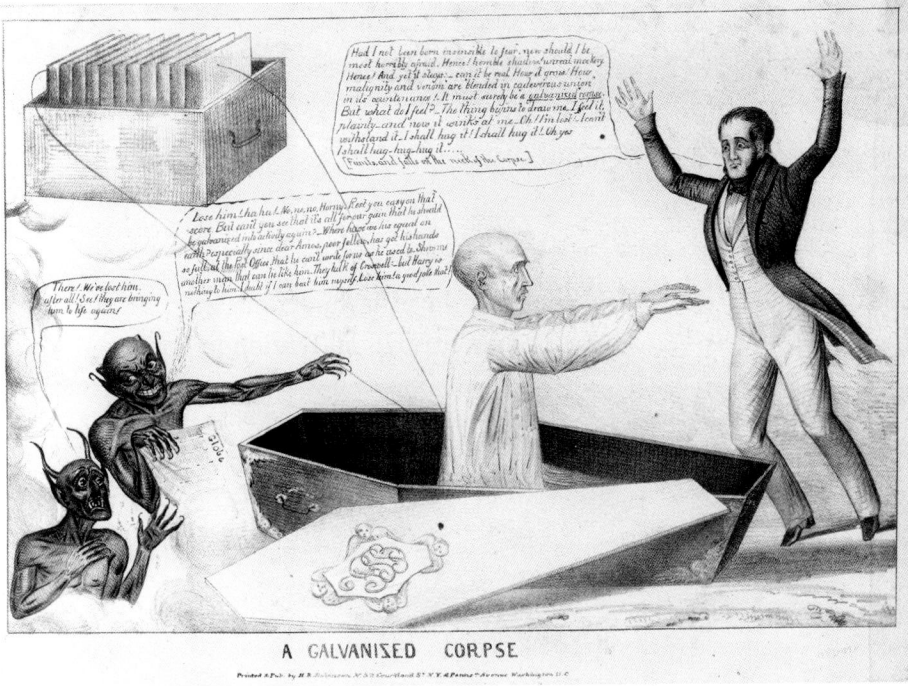

A GALVANIZED CORPSE

Ilustración de 1836, que muestra la galvanización de un cadáver en tono humorístico.

perdura –puede ser– no a pesar de estar escrita por una adolescente, sino gracias a la juventud de su autora. Por la valentía de su imaginación y, sobre todo, por todo lo que bulle en su fondo. No estamos incitando a que cualquier adolescente se lance a crear *su obra maestra*: Mary Shelley contaba con una cultura, una herencia familiar y unas vivencias muy superiores a la de cualquier joven de su edad, de hoy y también de entonces. Pero hay que reconocer que dio con la tecla a la primera.

Mucho se ha indagado sobre los fundamentos de su novela, de dónde partió Mary. Primero está el asunto de la electricidad y de la generación de la vida. Por entonces, la ciencia luchaba por desprenderse de la teoría de la generación espontánea, que decía que la vida surgía de manera casual a partir de materia orgánica, inorgánica o de una combinación de estas. La electricidad, esa fuerza que el ser humano empezaba a domesticar, era el juguete de moda en los corrillos científicos. Había muchos experimentos serios; otros, no tanto, buscaban más el efect(ism)o que la causa. El boloñés Luigi Galvani, en el siglo XVIII, ya había ejecutado sus pruebas en las que demostraba que la electricidad intervenía, de algún modo, en el movimiento de los seres vivos. En 1814, Mary y Percy acudieron a alguna charla científica sobre las posibilidades que ofrecía esa nueva ciencia. Eran buenos amigos de Humphry Davy, el científico por antonomasia del momento, y seguro que entonces escucharon hablar de un experimento: el que se ejecutó sobre el cadáver de George Forster, un asesino británico ahorcado en 1803, y cuyo cadáver fue entregado de inmediato a Giovanni Aldini, científico y sobrino de Galvani. Este le aplicó unas corrientes eléctricas y el cuerpo comenzó a moverse espasmódicamente. Los presentes quedaron tan asustados que pensaron que el ejecutado estaba volviendo a la vida ¿Influyó todo esto en la imaginación de Mary? Parece poco arriesgado concluir que sí; desde luego, Percy, ella, Polidori y Lord Byron hablaban de estos asuntos en aquellas noches fundacionales en Ginebra.

Detalle del lienzo *Prometeo lleva el fuego a la humanidad* (c. 1817), de Heinrich Friedrich Füger.

También existen interpretaciones más psicoanalíticas, que buscan acomodar los hechos de la biografía de Mary a la novela. Ella, de algún modo, *mató* a su madre al nacer, acabó con su creadora, lo que le habría generado un sentimiento de culpa toda su vida, la sensación de ser un monstruo. Según estas teorías, su padre William la habría culpado, de manera más o menos inconsciente, por aquello y Mary siempre habría albergado en ella esa sensación de rechazo de su creador.

Existen además posibles –o seguras– influencias de la literatura y de la mitología clásica. Es evidente la influencia de la cultura grecorromana, como deja patente el subtítulo de la novela. Prometeo es, al mismo tiempo, un creador y un rebelde contra los dioses; es el titán que roba el fuego a los dioses para ofrecérselo a los humanos: y sufre un castigo atroz por su atrevimiento, pero otros disfrutan lo que él hizo. Es un creador, un libertador, cueste lo que cueste, para bien o para mal. «A principios del siglo XIX, Prometeo encarnaba para algunos románticos ingleses la rebelión contra la religión, el abuso de poder, la moralidad y las limitaciones del esfuerzo humano. No es coincidencia que la oda de Lord Byron *Prometeo* se publicara en julio de 1816 y que Percy Bysshe Shelley escribiera su drama *Prometeo liberado* (publicado en 1820) mientras Mary componía *Frankenstein*», detalla el profesor Benda.

Nos quedan también las lecturas que acompañaron a Mary mientras escribía la novela. En su diario cita *Glenarvon*, el best-seller de la época de lady Caroline Lamb (basado en su relación con Lord Byron) y *Don Quijote de la Mancha*, de Miguel de Cervantes: obra maestra universal e indiscutible de la literatura, quizá tenga algo que ver en eso de encerrar la ficción dentro de otra ficción, un relato dentro de otro relato, cualidad en las que ambas novelas son una referencia.

Los inicios de la ciencia ficción

¿Cómo, en dónde clasificamos una novela rompedora como *Frankenstein*? El momento de su publicación y el componente de horror nos invitan a considerarla una novela gótica. Sobre sus orígenes y modelos hablamos con más detenimiento en el libro de la misma colección *Drácula. Anatomía del horror*. Aquí baste decir que, desde mediados del siglo XVIII, era el género literario que se llevaba la mayoría de las ventas, con sus rebuscadas tramas de terror sobrenatural y desmayos de damas perseguidas por un villano cruel o, peor, por un pasado de secretos inconfesables, cuya escritora de referencia era Ann Radcliffe.

Sin embargo, en *Frankenstein* late algo más que una novela gótica. Por eso ha perdurado por encima de cualquier otra de su tiempo, a excepción quizá de *Drácula*, escrita ocho décadas después y, sin embargo, más ceñida a la escuela gótica, menos revolucionaria. Entonces no sabían qué era *eso* que llevaba dentro esa novela, del mismo modo que Galileo no sabía que estaba creando a Newton, y este a Einstein. Nunca sabemos lo que de nuestras obras se va a derivar, cuando estas abren caminos inexplorados. Entonces no podían saber lo que *Frankenstein* llevaba dentro, porque nadie sabía qué era eso de la ciencia ficción.

Esa es la conclusión a la que, décadas después, llegaron muchos estudiosos y creadores de la literatura. «Irónicamente, el 'padre' de la ciencia ficción puede que haya sido una mujer de 20 años», decía nada menos que Isaac Asimov, uno de los prebostes del género. Tampoco es necesario establecer una raya y afirmar que antes no existía y después sí. Hubo, por supuesto, libros muy anteriores, que con más o menos manga ancha podemos señalar como precursores del género, desde la

Frontispicio de la versión alemana de 1659 de
El hombre en la Luna, de Francis Godwin.

ESCRITORES COMO EDGAR ALLAN POE, JULIO VERNE O H.G. WELLS FUERON QUIENES RECOGIERON LA LLAMA DE LA CIENCIA FICCIÓN Y LA LLEVARON HASTA EL SIGLO XX.

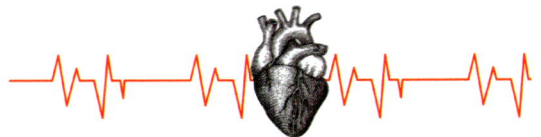

época grecorromana si queremos. Los viajes espaciales, lo que sucedía en la Luna, ya se habían planteado antes de *Frankenstein*. Sin embargo, Mary dirige el género –embrionario– a los cauces de la modernidad con la creación de Víctor Frankenstein: un científico al que no llegamos a calificar como loco, pero que sin duda avanza la figura del *científico loco* y del uso de la tecnología avanzada para alcanzar nuevos –y peligrosos– logros. En su novela, Mary no se regodea en el *cómo* –no llegamos a saber nunca la manera en que Víctor crea al monstruo, más allá del recurso a la electricidad– sino en el *qué* y en sus consecuencias.

Las novelas góticas de Radcliffe, de Horace Walpole, de Monk Lewis y compañía estaban plagadas de exclamaciones, de histerismo. Mary Shelley, con su lenguaje racional, contenido, respetuoso con la capacidad de entendimiento del lector, avanzaba que el horror y la fascinación –las dos caras de una misma moneda– no se mostraban dándose golpes en el pecho, sino por la propia crudeza y miseria de los actos humanos, y sobrehumanos. Por ese camino que apuntaba *Frankenstein* nos ha dado la ciencia ficción sus mejores obras.

Mary Shelley, historia de una escritora

La vida de alguien que vivió demasiadas vidas

Vivir muchas experiencias, dicen, es envidiable. Pero —se olvidan los amigos de las experiencias— conviene que las buenas superen en número, o intensidad, a las malas. En la vida de Mary Shelley parece que se acumulan más las segundas que las primeras. Fue, sin duda, una mujer excepcional, adelantada a su tiempo, cuya existencia alcanzó altas cumbres, pero demasiadas simas.

EL ESCENARIO DEL nacimiento de Mary Shelley es, de lejos, mucho menos sombrío que el del (re)nacimiento de la criatura que la hizo famosa. Pero, al igual que en su novela fundacional, al igual que en el resto de su existencia, la vida y la muerte van demasiado cerca, como dos hermanas mellizas antagónicas, envidiosas una de la otra.

Mary nace del vientre de su madre, con material nuevo, nada de miembros reciclados, fruto de la unión entre Mary Wollstonecraft y William Godwin. Nada más y nada menos, podríamos añadir; dos libertarias eminencias, a ver quién iguala eso. Hoy el peso de los siglos ha atenuado algo —pero no mucho, no les ha tratado del todo mal el tiempo— la fama de esos nombres: hablaremos de ellos más adelante. Es la noche del 30 de agosto de 1797, es el barrio de Somers Town, es el noroeste de Londres (es el actual distrito de Camden), y estamos —están— en uno de los edificios del Polígono, una serie de viviendas de nueva construcción. Hoy apenas queda nada de aquello: el ferrocarril estaba por llegar

Mary Wollstonecraft Shelley (1839), retrato pintado por su amigo Richard Rothwell (retoque digital).

y borró las huellas dactilares de aquel tiempo. Las estaciones de Euston, St Pancras y King's Cross circundan la zona, donde también se crio Charles Dickens un par de décadas después, y que aparece en algunos de sus libros. Poco a poco, el Polígono abandona su aire de barrio residencial asequible para clases medias y bajas, para hacerse sinónimo de barriada pobre, de inquilinos subarrendados, de masificación, salarios ínfimos. Pero eso solo tocará de pasada a Mary, que vivirá allí sus diez primeros años. Antes, recordemos que, tras el nacimiento, una muerte.

No es culpa de la neonata Mary Godwin Wollstonecraft, sino de aquellos tiempos, anteriores a John Snow, a Ignaz Semmelweis, a todos esos santos de la ciencia del siglo XIX que descubrieron la importancia de la higiene, de un simple lavado de manos antes de tocar lo que hubiera que tocar. Mary Wollstonecraft, días después de dar a luz, sufre fiebre puerperal. La placenta se ha desprendido tras el parto y se infecta. Mal asunto a finales del siglo XVII (incluso hoy, en algunas partes del mundo). Siguieron diez días de agonía hasta que el cuerpo de Mary dijo basta y, tras una vida, una nueva muerte. Y un nuevo viudo, una nueva huérfana.

Vista del Polígono, en un grabado de Joseph Swain, hacia 1850.

Izquierda: *William Godwin* (1802), retrato de James Northcote. Derecha: *Mary Wollstonecraft* (c. 1797), retrato de John Opie.

Una pareja de ilustres pensadores

Mejor que enlutarnos, recordemos a aquella pareja que dio vida y tanto influyó –pese a que madre e hija apenas se conocieran– en el carácter de Mary Godwin Wollstonecraft. Él, William Godwin (1756-1836), ya era un intelectual reconocido antes de conocer a Mary. Su pensamiento político lo acercaba al anarquismo; o, mejor dicho, lo avanzaba, lo preconfiguraba. De joven ejerció como sacerdote calvinista, pero esa misión –herededa de la fe de sus padres– tenía las patas cortas, por cuanto en su interior bullía la abolición de todas las instituciones políticas, sociales y religiosas. Con 37 años y en plena Revolución francesa publicó *Justicia política*, un escrito revolucionario, que defendía la educación como arma de esperanza y cambio social, que se preocupaba por el futuro de los obreros. Rechazaba cualquier recurso a la violencia, el motor del cambio sería la justicia, la educación. Un año después escribió *Las aventuras de Caleb Williams*, en la que, bajo las formas de una novela de aventuras y misterio, trasladaba sus ideales. Para muchos filósofos y radicales, William Godwin se convirtió en un modelo a seguir, incluso a reverenciar.

LOS PADRES DE MARY GODWIN WOLLSTONECRAFT REPRESENTABAN LO MÁS AVANZADO DE LA SOCIEDAD Y ERAN ADMIRADOS Y CRITICADOS POR ELLO. EL TIEMPO, CLARO, LES DIO LA RAZÓN.

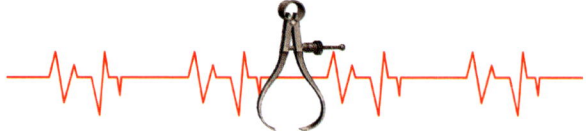

Mary Wollstonecraft (1759-1797) también empezaba a hacerse un hueco entre los intelectuales de finales de siglo. Desde muy joven quiso actuar como una mujer independiente y liberada, a contracorriente de lo que se estilaba, pero dando cuerpo a lo que, con el tiempo, se constituiría como el movimiento feminista. Era una joven culta e idealista, a quien le gustaba escribir y empezó con una obra infantil, *Relatos originales de la vida real* (1788), publicada por Joseph Johnson, un editor liberal que –casualidades– también se ocupaba de los títulos de William Godwin.

En 1790 escribió *Vindicación de los derechos del hombre*, también como respuesta a todo lo que estaba moviendo la Revolución francesa. En 1792 le siguió *Vindicación de los derechos de la mujer*, sin duda su obra más recordada, que sigue vigente. Obra fundacional del feminismo, en ella postula con fuerza que las mujeres, iguales en capacidad al hombre, no pueden desarrollarse al no recibir el mismo trato, y que ambos deberían recibir la misma educación, tener los mismos derechos y tratarse como iguales. Algo que entonces no resultaba

de ninguna manera evidente ni aceptado, y que quizá por primera vez se escribía de forma apasionada, sí, pero también académica. Aquel libro la convertiría en una mujer conocida y admirada –aunque también detestada– en Europa.

Viajó a París para vivir en primera persona ese momento clave y allí, además de historia, encontró algo parecido al amor. Al menos, uno muy pasional con un militar estadounidense, Gilbert Imlay. Él era un aventurero, un hombre –como ella– poco dado a las ataduras. Pero, cuando fruto de aquella pasión, tuvieron una hija –Fanny (1794-1816)–, él no

La tumba de Mary en el cementerio de la iglesia de San Pedro, en Bournemouth. Allí también se encuentran los restos de su hijo, Percy Florence Shelley, y de sus padres, Mary Wollstonecraft y William Godwin.

tardó más que unos meses en abandonarla. Ella intentó suicidarse por primera vez. Emprendieron juntos en 1795 un viaje por Suecia, Noruega y Dinamarca, con el fin de recuperar un barco que transportaba un tesoro que pertenecía a Gilbert Imlay. Ella esperaba restablecer la relación, pero pronto se dio cuenta de que no había nada que hacer. A la vuelta —vida, muerte, vida, muerte— tuvo otra tentativa de suicidio en las aguas del Támesis, pero un desconocido la salvó. Entonces, decidió volcar su amargura en un libro: *Cartas escritas en Suecia, Noruega y Dinamarca*, más un tratado de reflexiones que un libro de viajes. Joseph Johnson lo editó y Willliam Godwin lo leyó. Y tiempo después, admitió: y más tarde escribió que «Si alguna vez hubo un libro hecho para que el lector quedara enamorado de su autor, para mí es este». De una vida, una muerte; de una ruptura, una unión.

Mary y William comenzaron a frecuentarse y la amistad devino en amor, en una convivencia —ojo, en casas separadas, eran muy *modernos*— en un matrimonio, en una hija. La llamaron Mary y ya sabemos cómo nació.

Escultura en honor a Mary Wollstonecraft, obra de la artista británica Maggi Hambling, tras su inauguración en Newington Green, al norte de Londres, el 10 de noviembre de 2020, cerca de donde Wollstonecraft vivió y trabajó. La obra se inauguró tras más de una década de campañas de recaudación de fondos.

Izquierda: retrato póstumo en miniatura, supuestamente pintado a partir de una máscara mortuoria, de Mary Shelley, obra de Reginald Easton (1857). Derecha: retrato de Jane Clairmont, pintado por Amelia Curran en 1819.

Una familia muy diversa

Aquel viudo tenía 41 años y era uno de los intelectuales más influyentes de Gran Bretaña. Además tenía a cargo dos hijas —Mary y también Fanny— y todo aquello parecía ser demasiado para él solo. Le pidió matrimonio a dos amigas, sin el resultado que él hubiera deseado. La vecina de al lado, Mary Jane Clairmont, era soltera con dos hijos. Y sucedió lo que todos querían, lo que también nosotros queremos para aquellos progenitores y corazones solitarios. Matrimonio en 1801 y refundación de un hogar, incluso un hijo propio de aquella unión; también un negocio para mantener a la familia, una librería y editorial especializada en literatura infantil, que se convirtió en la más importante de su época. Aquella Mary Jane no tenía nada que ver con la culta y elegante Mary Wollstonecraft, ni tan siquiera se llevaba bien con el círculo de amigos de William, que la veían como una arribista, una mujer sin la cultura necesaria, sin la profundidad de él, sin el encanto de su predecesora. Tampoco ella engañaba a nadie, nunca quiso pasar por lo que no era; incluso interpretó con eficiencia el papel de editora y se convirtió en una estupenda traductora del francés. Ella y William vivieron medianamente felices hasta que la muerte los separó. Y a la pequeña Mary, sobre todo, le dio una hermana: Jane (con el tiempo, Claire).

Uno de los motivos que me llevaron a tomar esta decisión [su matrimonio con Clairmont] fue lo poco preparado que me sentía para educar hijas. La actual señora Godwin tiene una gran fuerza y energía mental, pero no es muy partidaria de las ideas de Mary Wollstonecraft. De las dos personas por las que me preguntan, mi hija está considerablemente más dotada que su hermanastra. Fanny tiene un carácter sosegado, discreto, algo indolente, pero es sensata y sigue sus propios juicios [...]. Mi hija, Mary, es todo lo contrario en muchos aspectos. Es valiente, algo arrogante y de espíritu enérgico. Su afán de conocimiento es enorme y perseverante, casi invencible en lo que emprende. Mary es, creo, muy guapa. Fanny no, aunque tiene cierto atractivo.

William Godwin, en una de sus cartas.

La relación entre hijastra y madrastra distaría mucho de ser la ideal. Sobre la joven flotaba, de alguna manera –sin duda, por el recuerdo, por las citas de familiares y amigos– el fantasma de su madre, esa mujer ya ingrávida y sin posibilidad de tacha, idealizada, camino del mito, frente a la cual Mary Jane solo podía interpretar el papel de mundana impostora. A eso había que sumar los inevitables recelos de a quién favorecía más la madre, etcétera. Pero, tan insidiosa resultó la relación de Mary con Mary Jane como beneficiosa con su hermanastra Jane. Ellas sí tuvieron un vínculo natural, de hermana a hermana, con sus disputas y cariño, compañeras de juegos –apenas se llevaban unos meses– y de aventuras. Ya veremos que no es una frase hecha.

Infancia y adolescencia

Hacia 1807 se mudan al número 41 de Skinner Street, en un apartamento sobre la librería M. J. Godwin & Co., que también sirve de cuartel general para Juvenile Library, editorial infantil y juvenil, aunque William también se dé el gusto, de cuando en cuando, de editar algún texto de

corte más adulto y liberal. El filósofo sigue siendo un hombre reputado y admirado y en su casa sigue recibiendo a celebridades, que lo visitan para hablar de literatura, de política, de lo que haga falta. Esto no tardará en cobrar su peso en la vida de Mary. Por el momento, es una casi adolescente, una escritora en ciernes que fabula y disfruta más de esas fantasías que de su día a día. Una joven que encuentra refugio, su habitación privada, en el cementerio de St Pancras: lecturas y reflexiones apoyada en la tumba de su madre, a la que prácticamente no conoció pero que representa lo contrario que Mary Jane Godwin. Una joven que, en verano, envían a Escocia para que se airee, para que tenga otras experiencias; algo que iba a resultar muy importante de cara al futuro. Porque en las Tierras Altas de Escocia tendrá lugar buena parte de *Frankenstein*.

> De niña viví principalmente en el campo, y pasé bastante tiempo en Escocia. Visité con frecuencia los lugares más pintorescos [...]. Eran el nido de la libertad, la región placentera donde, inadvertida, podía conversar con las criaturas de mi fantasía. En aquel entonces escribía... pero en un estilo de lo más vulgar. Fue bajo los árboles de los parques pertenecientes a nuestra casa, o en las peladas faldas de las cercanas montañas, donde nacieron y se criaron mis auténticas composiciones, los vuelos etéreos de mi imaginación. No me erigí en heroína de mis cuentos. La vida me parecía un motivo demasiado vulgar en lo que a mí se refería. No podía imaginar que fueran jamás a tocarme en suerte desventuras románticas ni acontecimientos maravillosos; pero no me sentí reducida a mi propia identidad; podía poblar las horas con creaciones mucho más interesantes para mí, a esa edad, que mis propios sentimientos.
>
> **Mary Shelley, prólogo a la edición de 1831 de *Frankenstein*.**

A la vuelta siempre le espera ese ambiente culto y refinado que imprimen a su hogar las visitas que recibe su padre. Ilustrados filósofos como Samuel Taylor Coleridge, científicos como Humphry Davy, literatos como Charles y Mary Lamb... Y jóvenes en alza, fascinados por el aura de Godwin. Entre esos, ninguno como Percy Bysshe Shelley.

Izquierda: retrato identificado como Mary Shelley, atribuido a Richard Rothwell (c. 1843). Derecha: *Percy Bysshe Shelley* (1819), pintado por su amiga Amelia Curran.

Mary y Percy, los enamorados

Percy (1792-1822) es un joven talentoso en la escritura, de familia aristócrata, un *hijo de papá*, sí, pero librepensador y adscrito al amor libre. Tanto que con 19 años se fuga a Escocia con Harriet Westbrook, una joven de 16, hija de un posadero de Londres. Se casan, tendrán dos hijos, comparte sexualmente a su mujer con su mejor amigo, se cansa de ella, parece que quiere vivir deprisa. Entre tanto trasiego, saca tiempo para declarar su admiración a William Godwin, a quien le ofrece su respaldo económico a cambio de incluirle en su camarilla: debe de *vestir* mucho eso de ser amigo del anarquista por excelencia. Godwin, cómo no, le admite y también confiesa su gusto por la naciente obra del joven. No resulta un piropo forzado: la verdad es que el chico es bueno, muy bueno.

En 1814 Percy lleva ya un par de años frecuentando la casa de los Godwin, pero los encuentros con Mary han sido casi inexistentes. Hasta que Mary se deja caer por el salón principal y empieza a escuchar, callada, las conversaciones de su padre con sus correligionarios. Sobre todo, es-

Retrato póstumo de Shelley escribiendo Prometeo liberado (1845)*, de Joseph Severn.*

cucha al más joven de ellos, Percy, y mira sus rasgos delicados. Él también contempla, de refilón, los de ella. «Mary tiene una cabeza dorada y bien formada, un rostro pálido y puro, una frente amplia, ojos color avellana sinceros y una expresión a la vez de sensibilidad y firmeza en sus labios delicadamente curvados», comentará en una carta Percy. Mary, poco a poco, comienza a entrar en las conversaciones, con 17 años se siente en edad para aportar, para disentir si es necesario. En el mes de junio de 1816, Percy deberá pasar mucho tiempo en casa de los Godwin.

> *Allí conocí a su hija Mary. La originalidad y el encanto de su carácter afloraron en mí incluso en sus movimientos y tonos de voz. La irresistible rebeldía y lo sublime de sus sentimientos se plasmaban en sus gestos y miradas. ¡Qué sonrisa más persuasiva! Es amable, tierna, compasiva... pero también puede mostrar rabia e indignación [...]. Con qué placer me observé superado en originalidad, elevación y magnitud intelectual hasta*

que ella consintió en compartir esas facultades conmigo. Para poseer ese tesoro sin precio fomenté a toda prisa una pasión ardiente [...]. No hay nada que pueda expresar, ni de manera remota, cómo ella disipó mis dudas. No es suficiente el idioma de los mortales para describir el sublime y extático momento en que ella confesó que era mía desde hacía tiempo.

Percy Shelley, en una carta.

Cuando William se entera de aquel romance, se opone. Sí, es un libre-pensador anarquista, pero una cosa es eso y otra aceptar que su hija se vaya con un hombre casado, con un hijo y otro en camino, y cuya mujer ha visitado de manera regular su hogar.

El 28 de julio, los dos amantes (más Jane) se fugan, camino a Dover.

Los viajes de los Shelley

No, no es un amorío adolescente. Claro que nosotros somos omniscien-tes, sabemos el final de la historia, vivimos en el siglo XXI y podemos consultar en internet, rápido y en cualquier momento, cómo acabó todo. Incluso podemos seguir leyendo este libro. Pero puede parecerlo, un devaneo adolescente, sobre todo de cara a los padres. Por eso Mary Jane, la madre de Jane (o Claire, como empieza a firmar desde entonces) sale en busca de los fugados –o, más bien, de su hija de 16 años– y los inter-cepta ya en Calais, al otro lado del Ca-nal de La Mancha. En vano intenta persuadirla: dice la leyenda que al-gunas madres han conseguido algu-na vez convencer a sus hijas de 16 años, pero este es un libro de no

Monumento a Percy Shelley, levantado en 1894 en la ciudad italiana de Viareggio.

ficción. Vuelve muda a Inglaterra, a la par que el trío sale rumbo a Suiza, cruzando Francia, hasta que el cuerpo –o el dinero, mejor– aguante.

Es curioso que dos recientes amantes consientan viajar con una tercera persona. El el diario que compartieron los enamorados no se dejan pistas. Es probable que, conociendo un poco el carácter libertario de Percy, no viese mal «liberar» a su casi cuñada de las garras de su madre; y que Mary se sintiese más respaldada, a nivel familiar, con la suma de su hermana: así cuando volviese las tintas no se cargarían tan solo sobre ella.

Viajan mes y medio por el continente. Lo pasan mal por la escasez de dinero, porque la salud de Mary es regular… pero son jóvenes, están viendo mundo, se quieren. Dan cualquier cosa menos pena. Incluso pueden llegar a dar envidia, si somos sinceros. Y en este caso, cuando acaba el verano acaba el viaje, pero no el amor. Se van a vivir juntos (los tres) a Somers Town, vuelta a los orígenes para Mary. Son unos tiempos de vivir con lo justo, o menos que eso, pero su amor se acrecienta.

En 1815 Percy recibe la herencia de su abuelo, lo que le asegura un buen dinero (unas 1000 libras) al año. En el plazo de unos meses, a Percy le da tiempo de contraer tuberculosis, a Mary de quedarse embarazada, a dar a luz prematuramente a una niña que muere diez días después, a volver a quedarse embarazada y a alumbrar a un niño (William) el 24 de enero de 1816. Se vuelven a mudar, esta vez, sin Claire, quien aprovecha ese tiempo para tener un romance pasional, y un embarazo, con el celebérrimo Lord Byron, nada menos.

Y esa es la excusa para que Claire convenza a la pareja que, dos años después de su primer viaje a Suiza, deben volver a pasar unas vacaciones en aquellas montañas, en el viaje a Ginebra que tan bien conocemos y que tanto generará después. Y sigue generando: para muestra, este libro.

Grabado antiguo que representa a Lord Byron.

Izquierda: William Shelley, pintado por Amelia Curran, en el verano de 1819. Derecha: Allegra Byron.

Vidas, muertes, Italia

Tras ese viaje, de nuevo, la vida y la muerte se concatenan, como si no hubieran ocupado ya el suficiente protagonismo en la vida de los Shelley. En octubre de 1816 reciben la noticia de la muerte de Fanny Imlay, la medio hermana de Mary, Fanny Imlay, hija como ella de Mary Wollstonecraft. No es una muerte casual: Fanny se bebió una botella de láudano y dejó una nota de despedida. Dos meses después fue Harriet, la aún esposa de Percy, quien se arroja a las aguas del lago Serpentine de Hyde Park, tras dejar otra nota, en su caso a Percy. Estaba embarazada –de otro hombre, se cree– y cree que vale más muerta que viva.

Dos semanas después, Mary y Percy se casan en la iglesia de St Mildred, en Bread Street, Londres. Ella, como menor de 21 años, con el permiso de su padre, quien acude a la boda para acabar con las desavenencias. Eso, piensa el anarquista Godwin, ya es una familia como Dios manda.

Todo aquello sucede justo mientras Mary ultima los detalles de *Frankenstein*, que se completa en una espiral de vida y muerte: como el propio libro. Porque el 13 de enero de 1817 nace Alba (con el tiempo, conocida como Allegra), la hija de Claire con Lord Byron. Y porque en septiembre Mary dará a luz a Clara, su tercer hijo con Percy. En los meses siguientes deciden abandonar Gran Bretaña, acuciados por las deudas y por la mala salud del poeta, a quien se le recomienda mejores temperaturas. Y qué mejor lugar, piensan, que Italia, con su sol, su clima templado y con una buena colección de eruditos en su haber. Por ejemplo, Lord Byron, que vive ahora en Venecia.

El 12 de marzo de 1818 parten hacia Italia, pues, «con buen tiempo y gratas esperanzas», en palabras de Mary, los tres adultos y los tres niños (William, Clara y Alba): cuatro de ellos no regresarán jamás a Gran Bretaña. La idea, además de encontrar un nuevo hogar, es entregar a Alba a su padre, para que se haga cargo de ella. Claire es una mujer bastante inestable, temperamental y veleidosa, y los Shelley apuestan

ADA Y FLORENCE

La medio hermana de Allegra Byron es incluso más conocida que ella: Ada Lovelace (1815-1842), la primera y única hija de Lady y Lord Byron, ha alcanzado una celebridad universal al convertirse en una pionera del cálculo matemático, hasta el punto de haber publicado el primer algoritmo destinado a ser procesado por una máquina. Un hito por el que se la considera como la primera programadora de ordenadores.

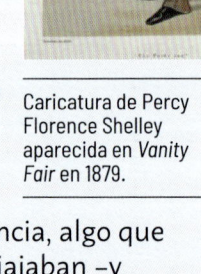

Percy Florence Shelley heredó el título de baronet de Shelley y tuvo una vida mucho más plácida y larga que la de sus antecesores. Recibió su nombre por el hecho de haber nacido en Florencia, algo que puso de moda entre los ingleses que viajaban –y tenían hijos– en Italia. Meses después, por ejemplo, nacía en Florencia Florence Nightingale, precursora de la enfermería profesional.

Caricatura de Percy Florence Shelley aparecida en *Vanity Fair* en 1879.

Retrato de Ada Lovelace (c. 1840, de Alfred Edward Chalon).

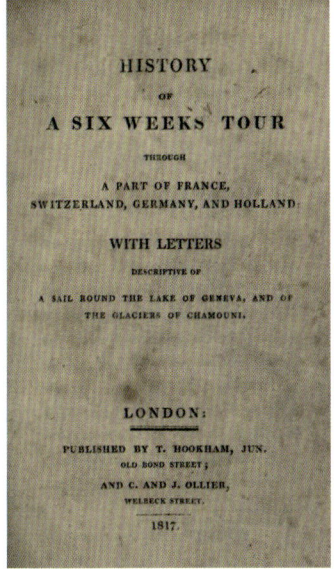 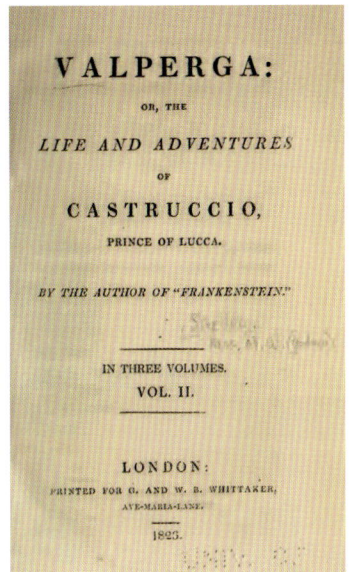 

Portadas de *Historia de un viaje de seis semanas* (1817), *Valperga* (1823) y *Vidas de los más eminentes hombres de letras y de ciencia de Francia* (1838).

por que lo mejor es que se críe con su padre, por la niña y por ellos mismos, que son siempre, una y otra vez, el bastón donde Claire se apoya. Una vez en Italia, Byron acepta hacerse cargo de la niña, a condición de que la madre no vuelva a verla más. Y no será exactamente así, pero Byron se esforzará porque, en lo sucesivo, su influencia sobre ella sea mínima. Byron estima a los Godwin-Shelley, pero no comparte su ateísmo, su vegetarianismo, su «moral relajada». Así piensa él, el rey de los escándalos: acabará por entregar la niña a un convento, para que reciba una «alta educación católica». La niña morirá a los cinco años de edad.

En Italia tienen una vida que bien pudo ser idílica… pero no lo es. Está la belleza del país, un ir y venir entre las más bellas ciudades (Venecia, Roma, Milán, Pisa, Livorno, Florencia, Nápoles y Génova serán sus residencias en apenas cinco años), largas charlas con intelectuales y la creación de varias obras literarias, tanto por parte de Percy como de Mary. Pero, también queda —como sabemos, como es norma en la vida de Mary— la muerte, el horror. Primero golpea a Clara, la pequeña, que muere tras llegar la familia a Venecia, donde los espera Byron. Un viaje lento y caluroso, una infección en la dentadura, unos médicos que no acaban de aparecer... Y la niña muere en septiembre de 1818. Meses después, en junio, la parca se acerca a William en forma de malaria. Lo entierran en el cementerio protestante de Roma.

Dicen que Mary cae en una especie de depresión, que se aleja de Percy de manera más o menos consciente, que él se da cuenta de su distanciamiento y le duele, que quizá –quizá– busca refugio en otras mujeres, que tampoco le importaría que ella busque «relanzarse» con algún amor pasajero, porque para ellos el matrimonio es –eso se habían dicho siempre– más cuestión de lealtad que de exclusividad. No queda claro hasta qué punto sucede eso, aunque sí es cierto que Percy dedica una de sus obras entonces a Jane Williams (una amiga de ambos, compañera de Edward Williams, pareja que los acompaña por Italia) y otra a Sophia Stacey, otra inglesa de *Grand Tour* por Italia. Y también es cierto –sigue implacable la rueda de la vida y la muerte– que nace en Florencia, en noviembre de 1819, Percy Florence, el único hijo de ambos que los sobrevivirá.

Durante su época italiana, Mary escribe dos obras: *Matilda* y *Valperga*. La primera, una novela gótica con el incesto y el suicidio como telón de fondo: temas poco agradables, algo de comprender debido a todo lo que sucede a su alrededor. *Valperga, o Vida y aventuras de Castruccio, príncipe de Luca*, es una novela histórica –al estilo de las que *sir* Walter Scott estaba poniendo de moda– que transcurre en la Toscana medieval. Los ingresos de esta última irán a parar a la cuenta de su padre, Michael, quien pasa por dificultades económicas.

1822 será un año más trágico, si cabe (y cupo, mucho). Mary queda de nuevo embarazada, pero en junio sufre un aborto: pierde tanta sangre que casi muere. Es Percy quien, en vez de esperar al médico, la sienta en un baño de hielo para detener la hemorragia; cuando el doctor llega admite que ese acto le ha salvado la vida. Pero el verano reserva desgracias aún mayores.

El funeral de Shelley (1889), de Louis Édouard Fournier. En el centro, de izquierda a derecha, aparecen Trelawny, Hunt y Byron. Arrodillada, a la izquierda, Mary Shelley.

La muerte de un poeta

A Percy y sus amigos les gusta navegar: esa comunión con las fuerzas de la naturaleza le va que ni pintado a un romántico de manual. Tanto le gusta que se ha comprado un barco, con el que se mueve por la costa del mar Tirreno. El 8 de julio, Percy, su amigo Edward Williams y el timonel embarcan desde Livorno rumbo a Lerici. No vuelven a pisar tierra, al menos, vivos. Diez días después de su desaparición, un cadáver desfigurado aparece en la costa de Viareggio. Edward Trelawny, gran amigo de los Shelley, reconoce a Percy por sus ropas, y por un ejemplar de los poemas de John Keats (quien también había muerto en Italia meses antes) que asoma en un bolsillo: a falta de pruebas de ADN, pocas pruebas tan definitivas como los gustos literarios.

En la misma playa de Viareggio incineran el cuerpo, del cual Trelawny rescata el corazón –o una víscera que lo parecía– que acaba conservando su esposa.

Una nueva etapa

> *Durante ocho años me comuniqué con una libertad sin límites con alguien cuyo genio, de mucha mayor trascendencia que el mío, despertó y guio mis pensamientos. Departía con él; rectificaba mis errores de juicio; él me proporcionaba una nueva luz; y mi mente estaba satisfecha. Ahora estoy sola, ¡ay!, ¡y cuánto!*

Así se expresaba Mary en su diario. Desolada, permanece en Italia (Génova) otro año más, junto con su hijo, en la casa de Leigh Hunt, amigo de la familia. Con 24 años es una joven viuda, que ya parece haber vivido muchas vidas; y muchas muertes. Vuelve a Inglaterra, a intentar ganarse la vida como escritora, traductora o editora. Oficio hermoso aunque poco rentable –nos atrevemos a asegurar, ¡ay!– con lo que su buena parte de sustento serán las libras de asignación anual que *sir* Timothy Shelley –padre de Percy y abuelo de su hijo Florence– le concede para asegurar el futuro de su nieto. En un principio, el barón Shelley dice que solo le dará dinero a su nieto si Mary se separa de él: que lo cuide un tutor. Pero, ante la negativa de la madre, no le queda otra que acceder, si bien solo se comunican mediante abogados y nunca llegan a verse. Tal es la

Monumento a Percy Shelley, que también muestra a Mary, que se puede ver en el Priorato de Christchurch, cerca de Bournemouth.

TO THE MEMORY OF
PERCY BYSSHE SHELLEY.
POET.

animadversión del barón, para quien Mary encarna el papel de la mujer que ha echado a perder a su hijo. Otro escarnio del destino para Mary, si no fuera porque ya debe de tener la piel demasiado dura a estas alturas.

Escribe varias novelas notables: *El último hombre* (1826), la crónica de un mundo futuro arrasado por una plaga, una obra publicada con malas críticas pero que volvió a cobrar relevancia a finales del siglo xx; *Perkin Warbeck* (1830), de nuevo una novela histórica, con trasfondo idealista y político; *Lodore* (1835), exitosa novela sobre la familia y el poder de la educación; y *Falkner* (1837), de temática similar a la anterior. Contribuye con cinco volúmenes de *Vidas de los personajes literarios y científicos más eminentes* (parte sustancial de la enciclopedia de 133 tomos de Dionysius Lardner, *Cabinet Cyclopaedia*). En este caso, para el apartado *Vidas españolas y portuguesas* Mary reconoce carecer de información suficiente, de las dificultades para acceder a la documentación (y podemos comprenderla, en aquellos tiempos desconectados) y suspira por poder viajar a España para absorber conocimiento de primera mano. En cualquier caso, con este trabajo se desenvuelve como la mujer cultísima que es, la única de su sexo que colabora en el ingente proyecto.

En 1830 se publica una tercera edición de *Frankenstein* (tras las de 1818 y 1823), en un solo volumen. Eso le permite unos buenos ingresos; también la reedición de los poemas de Percy, a quien la muerte —como a tantos otros poetas— le sienta muy bien, al menos en cuanto a estima literaria. En 1844 lanza *Caminatas por Alemania e Italia, en 1840, 1842 y 1843*, un libro de viajes en el que recoge dos viajes por Europa junto a Percy Florence. Este, en 1826, tras la muerte de su medio hermano Charles (hijo de su padre y Harriet), se había convertido en el heredero único de la fortuna familiar, con lo que la economía de ambos se había aliviado bastante. En 1844, cuando muere *sir* Timothy, ya consiguen la absoluta independencia económica.

Los últimos años

En su vida personal, Mary se recluye en sus obras y en el cuidado de su hijo. Percy demostrará no tener en sus venas la menor vocación artística, como si se notase el sustento aristocrático de su abuelo más que los

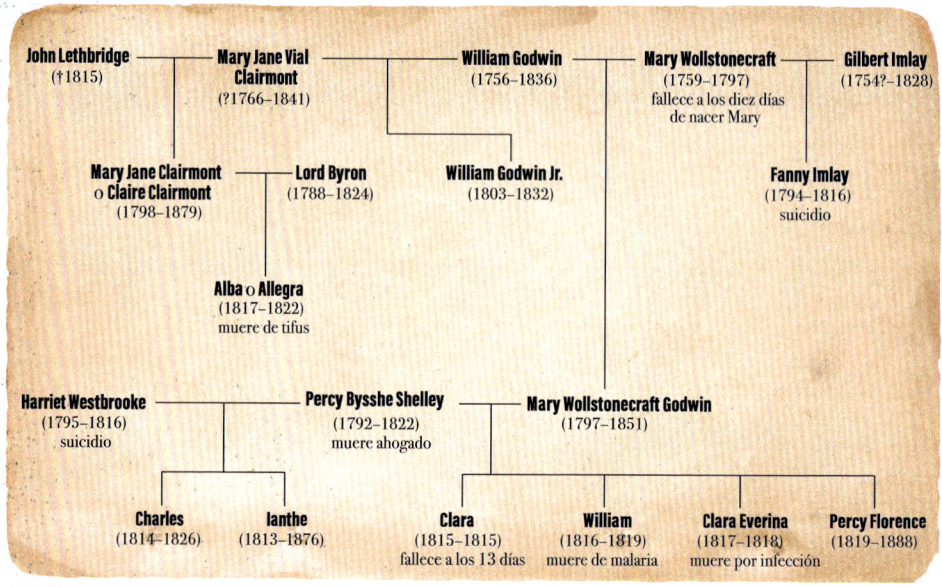

Árbol genealógico de Mary Wollstonecraft Godwin (o Mary Shelley).

genes de sus progenitores. Cosa que, posiblemente, llegase a agradecer. Ya está bien de tanto sufrimiento, de tanta trascendencia infeliz. Percy Florence será un hijo fiel, mimoso, de temperamento templado, que cuidará de su madre hasta el final, vivirá de las rentas, se casará, ¡incluso le dará una nuera (Jane) que la adora!... Una vida apacible, de las que no da ni para rellenar un folleto, si acaso para este párrafo, pero de las que también se merece una familia de vez en cuando.

Como viuda célebre y de una celebridad, sigue teniendo sus devaneos y pretendientes, pero nunca se casará, ni ganas —por lo que se trasluce en sus cartas— de algo similar. Como curiosidad queda que uno de sus pretendientes, el actor neoyorquino John Howard Payne, cuando observó que sus esfuerzos por cortejarla eran en vano, intentó «venderle» la figura de Washington Irving, el escritor y político —entre otras dedicaciones—, autor de *La leyenda de Sleepy Hollow* o *Cuentos de la Alhambra*. Ella admiraba al polímata norteamericano y se conocieron, pero la relación no pasó de una curiosa amistad.

Mary va envejeciendo —suele suceder— y se va dejando retazos de salud en afecciones como una viruela. Cada vez más, su vida consiste en centrarse en su hijo —en que vaya a los mejores colegios y universidades públicos— y en su obra, pero no se olvida de sus orígenes «revolucionarios» y ayuda a algunas mujeres a las que la sociedad le da la espalda, madres solteras como hasta cierto punto fue ella. A partir de 1840 empieza a sufrir migrañas y puntuales parálisis en sus extremidades, que le llegan a impedir la escritura. La enfermedad empeora hacia 1850. Su hijo ha comprado una propiedad en Chester Square, en el barrio de Belgravia (Londres) y otra en Boscombe, cerca de Bournemouth. Entre ambas pasa sus últimos años; sin embargo, la parálisis avanza de manera inexorable y alcanza ya a la mitad de su cuerpo. La mañana del 1 de febrero de 1851, amanece totalmente inmóvil, sin vida, en Chester Square.

Aunque ella deseaba ser enterrada junto a sus padres en el cementerio de St Pancras, en Londres —en el lugar donde se desató el amor entre ella y Percy Shelley—, su hijo encuentra ese lugar feo e impropio, lleva su cuerpo al cementerio de St Peter, en Bournemouth y exhuma los restos de sus abuelos y los reúne con los de su madre. ¿Quién dijo que con los muertos no se juega? Un año después, cuando Percy Florence y Jane abren un cajón con las pertenencias de Mary, encuentran un paquete de seda que contiene algunas cenizas y los restos de un corazón: es Percy, el poeta. Abren la tumba y allí lo dejan. Los dejan.

Placa que señala la casa donde Mary pasó sus últimos años, en Chester Square, Belgravia, Londres.

Los personajes de *Frankenstein*

Quién es quién, y su circunstancia

La novela tiene dos claros protagonistas: el creador y la criatura, el padre y el hijo no deseado. La figura de Víctor Frankenstein es ya un clásico de la literatura, que ha trascendido sus límites al terreno cultural: es el claro antecedente del *científico loco*. Pero el monstruo se ha apropiado el apellido a base de ganar más y más popularidad. Además, aquí conoceremos a otros personajes de la trama.

VAYAMOS POR PARTES, que diría… Víctor Frankenstein. Sí, porque pese a la fama de otros, aquí el experto en el horror, en lo mórbido, en desmenuzar, cortar y pegar, es el célebre doctor. Bueno, lo de doctor es más bien una cosa del cine; en la novela, Víctor no pasa de estudiante bastante autodidacta con ínfulas, talentoso como el que más, sí, pero que no se pasó, ni un solo día, por las clases de ética científica. Qué demonios: ni por las de ética del colegio, por lo que parece. Hagamos aquí un repaso de los personajes de la novela de Mary Shelley, una pequeña disección –ay, otra vez los juegos de palabras fáciles– de sus actos y circunstancias.

Víctor Frankenstein, el científico

Es él el verdadero protagonista de la novela, el personaje más presente, el que narra sin narrar en esta historia de relatos subrogados, de muñecas rusas. Él es motor de la tragedia, el que la crea y sobre el que se desencadena. Él es el moderno Prometeo.

> *Soy ginebrino de nacimiento, y mi familia es una de las más distinguidas de esa república. Durante muchos años mis antepasados habían sido consejeros y jueces, y mi padre había ocupado con gran honor y buena reputación diversos cargos públicos.*

Así empieza su relato –o el que nos refiere el capitán Walton– Víctor Frankenstein, dejando notar su rancio abolengo y la buena consideración social de su familia. Se le supone, pues, un buen futuro, al igual que sus antepasados. En los años que comprende la novela, no se conocen

LOS REFERENTES DEL CIENTÍFICO FRANKENSTEIN

Sin duda, Mary Shelley era una mujer joven pero de educación elevada. Sabemos que, en sus días de reclusión en Villa Diodati, ella y sus refinados amigos conversaban sobre galvanismo, sobre el origen de la vida, sobre la generación espontánea... Mientras que, en la mayoría de las escapadas de fin de semana de hoy, la conversación más elevada suele ser sobre la plataforma... en que se alojan más series de televisión. Mary poseía ciertos conocimientos científicos, o al menos sabía qué derroteros estaba tomando la ciencia a principios del siglo XIX. Y conocía también sus bases. Sabía, por ejemplo, que Alberto Magno (c. 1200-1280), fue un sabio fraile dominico, establecido en Colonia, que produjo algunas de las obras filosóficas y científicas (por aquel entonces, todo ello estaba fundido) de la Edad Media. Y, como todo científico de entonces, pues buscaba la piedra filosofal y la transmutación del plomo en oro. Pecados veniales, pero también explicó que la Tierra era esférica, para disgusto de los terraplanistas. La Iglesia católica lo santificó (patrón de la Ciencia) y lo nombró como uno de los 37 Doctores de la Iglesia.

Cornelio Agrippa (1486-1535) fue astrólogo, jurista, astrónomo, escritor, filósofo, médico,

Retrato de Paracelso en 1538, por Augustin Hirschvogel.

trabajos o ingresos, más allá de lo que las rentas de su familia le provean. No es una novela social, pero sin duda el personaje bebe de lo que la misma Shelley bebió durante su vida: familias de profesiones importantes, arraigadas, en las que el dinero fluye y la educación es elevada.

Un momento marca la vida del adolescente Frankenstein: cuando descubre un libro de Cornelio Agrippa, un polímata del Sacro Imperio Romano Germánico célebre, entre otras cuestiones, por sus competencias en el ocultismo y la alquimia. Un hombre brillante en su tiempo, sí, pero que a finales del siglo XVIII (cuando se desarrolla la acción) debería estar su-

teólogo, alquimista, abogado, ocultista... También de Colonia, por cierto. Un hombre sabio, figura principal del Renacimiento, que si no resulta tan conocido como Leonardo da Vinci es porque carecía de talento para las artes. Fue secretario de la corte de Carlos I de España. Y, cómo no, impenitente buscador de los saberes ocultos.

Theophrastus Phillippus Aureolus Bombastus von Hohenheim no solo fue un hombre sabio por darse a conocer con el más sobrio apodo de Paracelso (1493-1541), sino por sus grandes avances en medicina y por la célebre máxima de «la dosis hace al veneno». Normal que Frankenstein lo tuviese como maestro, ya que también era suizo, del cantón de Zúrich y en su momento se creyó que había logrado la transmutación del plomo en oro mediante procedimientos alquímicos.

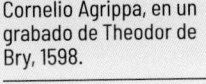

Cornelio Agrippa, en un grabado de Theodor de Bry, 1598.

Tres sabios que aparecen como maestros en la distancia del joven Frankenstein, tres científicos que buscaron iluminar su tiempo, aunque fuera con ideas que ahora sabemos equivocadas. Tres ejemplos de las ventajas, pero también peligros, que acarrea la ciencia, uno de los mensajes de la novela de Shelley. Quién sabe, por cierto, cómo se tomarán las generaciones venideras nuestra ignorancia de hoy. Pedimos humilde perdón por adelantado.

VÍCTOR FRANKENSTEIN ES UN PERSONAJE TRÁGICO
CUYO MAYOR DEFECTO ES SU INCAPACIDAD DE
ACEPTAR LA RESPONSABILIDAD DE SUS ACTOS. EN
CIERTO MODO, ES OTRO «MONSTRUO».

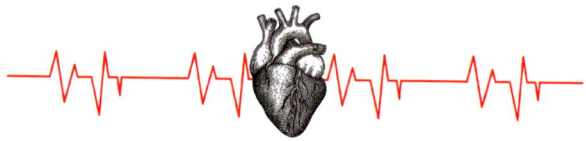

perado. Pero no, nuestro Víctor se deja engatusar por ese oscurantismo,
algo vería en él. Y sigue con Paracelso y Alberto Magno: «Leí y estudié
con deleite las locas fantasías de esos autores; me parecían tesoros que
conocían muy pocos aparte de mí». En efecto, otras dos luminarias de
su tiempo, pero a los que la Revolución Científica había dejado atrás.
¿No había Galileis, Newtons, Lavoisiers para tomarlos como referencia?
Es como si Shelley nos susurrase: *dime con quién andas y te diré quién
eres*. O a lo que te arriesgas. O que si lees novelas de caballerías…

Pues sí. Víctor Frankenstein, con menos de 14 años, se entrega con
«toda la pasión a la búsqueda de la piedra filosofal y el elixir de la vida»,
por pura curiosidad –o presunción–, no por fama o riquezas. De ahí pasa
a invocar fantasmas y demonios, y a dejarse fascinar por la fuerza de
la electricidad de los rayos. No descuida otras ramas del conocimiento
y, antes de ingresar en la Universidad de Ingoldsatdt, ya era todo un
erudito de 17 años. Allí, en el primer encuentro con el señor Krempe, su
profesor de Filosofía Natural, este le pone las cosas claras y lo alerta de
los peligros que corren los autodidactas:

> *¿De verdad que ha pasado usted el tiempo estudiando
> semejantes tonterías? […] Se ha embotado la memoria de
> teorías rebasadas y nombres inútiles, ¡Dios mío! ¿En qué
> desierto ha vivido usted que no había nadie lo suficientemente
> caritativo como para informarle de que esas fantasías que tan
> concienzudamente ha absorbido tienen ya mil años y están tan
> caducas como anticuadas? No esperaba encontrarme con un
> discípulo de Alberto Magno y Paracelso en esta época ilustrada.
> Mi buen señor, deberá empezar de nuevo sus estudios.*

Sin embargo, otro profesor, el más comprensivo señor Waldman recoloca un tanto el pedestal que Krempe había desestabilizado y le echa un capote al joven estudiante:

> *A la entrega infatigable de estos hombres debían los filósofos modernos los cimientos de su sabiduría. Nos habían legado, como tarea más fácil, el dar nuevos nombres y clasificar adecuadamente los datos que en gran medida ellos habían sacado a la luz. El trabajo de los genios, por muy desorientados que estén, siempre suele revertir a la larga en sólidas ventajas para la humanidad.*

Y le advierte de que «La química es la parte de la filosofía natural en la cual se han hecho y se harán mayores progresos». Y Víctor se lanza en picado hacia los lugares oscuros que la ciencia no ha logrado iluminar aún. Nadie le va a negar que es bueno en lo suyo; el mejor.

Colin Clive da vida al doctor Henry Frankenstein en *Frankenstein* (1931).

Víctor Frankenstein, el sentimental

A la par que labra su carrera científica, el joven Frankenstein conserva un destacado componente sentimental. No olvidemos que su creadora Mary Shelley es una narradora que habita entre escritores románticos y toda pasión se exacerba, quizá de manera un tanto trivial desde el altar de nuestra época. Así, se nos presenta a Víctor como un joven enamorado —sin posibilidad alguna de escape— de su modélica prima Elizabeth Lavenza, casi desde el primerísimo día en que se conocieron. Su casamiento se da por hecho, solo hay que dejar pasar las hojas del calendario. Y ambos se aman como solo se ama en las novelas románticas. Unos jóvenes con la vida hecha en lo económico y en lo amoroso: qué peligro, ¿verdad? No es de extrañar que, si a uno se le ocurre crear vida a partir de cadáveres, se dedique a pasar el rato con ello.

Pues sí, Frankenstein es un amantísimo hijo, un amantísimo prometido y, sin embargo, un desalmado, un egoísta y un cobarde. Un hombre que cuenta sus acciones como si fuera un henchido enamorado, pero cuyos pensamientos y acciones no rozan lo ruin, sino que dan un nuevo sinónimo al adjetivo. Aquí no somos muy de V. F., y daremos razones. También es cierto que la escritura de Mary Shelley, en ocasiones, no ayuda al pobre Frankenstein. Recordemos que no había cumplido los 20 años y que el Romanticismo abocaba la creación de personajes sometidos a los vaivenes de la pasión, guiados por unos sentimientos poco trabajados, cambiantes, al albur de lo que la acción necesitase.

La lista de *pecados* de Frankenstein es amplia. Empecemos con su creación (no lo llamemos monstruo, o no aún).

1. Tras «trabajar sin descanso durante casi dos años con el único propósito de infundir vida en un cuerpo inerte», en una lluviosa noche de noviembre, hacia la una de la madrugada, consigue «insuflar una chispa de existencia en aquella cosa». Bien, entonces, en cuanto abre los ojos e inspira, se declara «Incapaz de soportar el aspecto del ser que había creado» y sale despavorido. Vamos a ver, señor científico... ¿no ha tenido usted tiempo como para acostumbrarse a ese rostro? ¿Tiene el estómago suficiente como para revolver tumbas,

pero en cuanto su experimento/hijo/juguete abre los ojos, se asusta y lo repudia? «¡Ay!, Ningún mortal podría soportar el horror que inspiraba aquel rostro. Ni una momia reanimada podría ser tan espantosa como aquel engendro». Puede que fuera lo que la narración necesitase, pero ha dejado usted a los pies de los caballos a Víctor, señora Shelley. Desalmado, irresponsable, caprichoso y otros cuantos adjetivos que nos reservamos para los siguientes puntos.

2. Cuando asesinan a su pequeño hermano William, acusan injustamente a Justine, una joven y querida amiga de la familia, y la condenan a muerte (con unas pruebas que van muy justas, por cierto; pero bueno, la acción lo necesita, *de nuevo*). El *pobre* Víctor se mortifica, asume internamente (cómo no) su culpa, dice que se acusaría, que daría su vida por ella… Pero asiste al juicio sin abrir la boca. ¿Por que no le iban a creer? No, menos lacerarse y más hechos, Víctor. Se cuenta la verdad, se intenta probar, se organiza una búsqueda… Lo que sea, pero no puede cargarle el muerto a otra, y que además esa otra sea ajusticiada. Otros cuantos puntos menos para Frankenstein.

3. Cuando encuentra a su criatura en las cercanías del Mont Blanc, y este le relata su historia, le hace su insólita petición y lo amenaza con muertes y desdichas si no cumple… ¿Por qué accede tan fácilmente? Afirma que es imposible hacer frente a un ser con unas cualidades físicas tan rotundas. Pero ¿acaso no cuentas con tu mayor inteligencia, Víctor? Una cita y un hachazo bien dado, o ni

siquiera hace falta acercarse, existen la pólvora y las balas, y pisto-
las tienes… ¡Si es lo mismo que intentarás meses después! Pues no,
tampoco se le ocurre; y tiene que irse bien lejos a crear un nuevo ser,
dejando solos a sus «seres queridos», cuando la primera vez lo hizo
bien cerquita, en Baviera. Mary Shelley, estás jugando con nosotros.
Y usted, tú, Víctor, eres un cobarde.

4. Cuando Víctor decide darle el gusto a su criatura de fabricarle una
compañera, se eterniza en viajes, visitas, pese a saber que su fami-

Escena del doctor Frankenstein en el
Museo de Cera de Barcelona.

lia, por la que ¡ay!, moriría, está amenazada. Cuando, en un ataque de dignidad –de la que ha carecido durante años–, rompe su promesa con el monstruo (ahora sí) y este lo vuelve a amenazar con hacerse presente «en su noche de bodas», cualquiera sabe que no busca su muerte, porque en tal caso, ya lo podría haber ejecutado. Todos sabemos que busca vengarse de él por medio de otros, pero él no se da por enterado, lo cual lleva a un nuevo desastre. Veredicto: además de desalmado y cobarde, tonto. De remate.

Las incongruencias y veleidades del científico corren a cargo de la insoportable levedad del alma humana, que todo lo explica, o, si se quiere más prosa y menos poesía, de la construcción poco precisa de Mary Shelley. En demasiadas ocasiones, no resulta creíble. ¿O es precisamente al revés? ¿Resulta más humano por sus incongruencias? En cualquier caso, por mucho que se fustigue y que busque purgar sus pecados, Víctor Frankenstein es un fallido antihéroe en toda regla.

En su descarga quede que, cuando en sus primeros experimentos ve que es capaz de dar vida a la materia muerta, se lo plantea de manera humanista.

> *Pensé que, si podía infundir vida a la materia inerte, quizá, con el tiempo (aunque ahora lo creyera imposible), pudiese devolver la vida a aquellos cuerpos que, aparentemente, la muerte había entregado a la corrupción. Estos pensamientos me animaban, mientras proseguía mi trabajo con infatigable entusiasmo.*

Pero poco le duran estos pensamientos, para desgracia de sus seres queridos, y para fortuna de las arcas del Estado.

El monstruo de Frankenstein

Nos negábamos a llamarlo (no aún) *monstruo* hace unas líneas. Es hora de explicarse. En la novela, carece de nombre; su creador no pasa de denominarlo como demonio, engendro, criatura, miserable, ser, cosa… Y no lo insulta descaradamente porque es de familia educada y porque sabe que sería como escupir hacia arriba, pero se le entrevén las ganas.

No, esa criatura no es monstruo *cuando nace.* Incidimos en eso, porque hay muchos análisis que lo exculpan por todo lo que ha de sufrir después. Y, sí, sufre, pero como tantos otros, que no eligen deslizarse por el lado oscuro del odio. Así que nace criatura, pero crece como monstruo por propia voluntad, con las mismas excusas que otros a los que no perdonaríamos. Lo veremos.

Lo primero que sabemos de él es esto:

> *Decidí construir una criatura de dimensiones gigantescas; es decir, de unos ocho pies de estatura (± 240 cm) y correctamente proporcionada. Tras esta decisión, pasé algunos meses recogiendo y preparando los materiales, y empecé.*

En esa recogida y preparación de los materiales, que cada cual se haga su propia composición de lugar. Shelley –quizá un acierto– no entra en más detalles. Lo que parece claro es que Víctor no pudo ser muy ortodoxo y tuvo que pasar más de una noche en vela y a la intemperie, a escondidas, con una pala. Seguimos:

> *Sus miembros estaban bien proporcionados y había seleccionado sus rasgos por hermosos. ¡Hermosos!: ¡santo cielo! Su piel amarillenta apenas si ocultaba el entramado de músculos y arterias; tenía el pelo negro, largo y grasiento, los dientes blanquísimos; pero todo ello no hacía más que resaltar el tétrico contraste con sus ojos acuosos, que parecían casi del mismo color que las pálidas órbitas en las que se hundían, el rostro apergaminado, y los agrietados y negruzcos labios.*

No es fácil de mirar a la cara de la criatura. No pasa mucho tiempo hasta que se percata de su propia fealdad; peor aún, del extremo horror que toda su figura genera. Pero carece de maldad –carece de casi todo, aunque no de sensibilidad–, es como una tabla rasa sobre la que hay que inscribir un carácter. En ese sentido, es un inocente salvaje, un «hombre bueno por naturaleza», como expresaba el influyente filósofo Jean-Jacques Rousseau en *Emilio, o De la educación*, al que le espera un choque con la «sociedad corrupta». Peor: ya antes de enfrentarse a la humanidad, su creador sale corriendo. Si damos por cierto eso de que lo primero que ve el pollo al nacer es lo que toma por madre... ¿Qué es lo que pensará este «recién nacido»? ¿Dónde estás, madre? Es importante aquí reseñar esa idea de la tabla rasa; porque esa idea se destruye en la película de 1931 de James Whale (o en la parodia de Mel Brooks

A DIFERENCIA DE, POR EJEMPLO, EL CONDE DRÁCULA, EL MONSTRUO DE FRANKENSTEIN SÍ QUE EJERCE COMO UN HUMANO, HORRENDO EN SU APARIENCIA PERO MUY SENSIBLE EN SU INTERIOR.

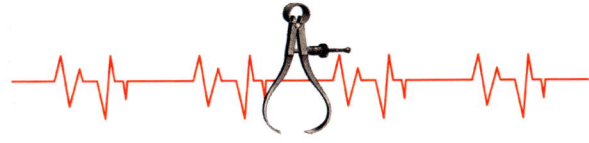

de 1974, *El jovencito Frankenstein*) en la que la maldad viene de serie, por el cerebro criminal que le implantan. Nada de «soy malo porque el mundo me ha hecho así», que resulta uno de los núcleos principales de la historia de Shelley. El cine simplifica, lo sabemos, pero allí lo hizo con poco sentido de la medida.

Un monstruo sensible y criminal

Hacia la mitad del libro, creador y criatura se encuentran y este último le relata cómo ha vivido durante los últimos meses. Esto es lo primero que le *escuchamos* decir:

> Solo con un gran esfuerzo puedo recordar el primer periodo de mi existencia; todos los sucesos se me aparecen confusos y borrosos. Una extraña multitud de sensaciones se apoderaron de mí y empecé a ver, sentir, oír y oler, todo al mismo tiempo. Tardé mucho tiempo en aprender a distinguir las características de cada sentido.

Sí, para los que creyeran que Frankenstein (la criatura) solo se dedicaba a asustar y a hacer villanías a la par que emitía sonidos guturales, esto puede resultar una gran decepción. Nos esperan unas cuantas decenas de páginas con él, de gran detalle y narrativa. Vale que nos lo refiera Víctor Frankenstein (o el capitán Walton, claro), pero se deja claro que la criatura ha devenido en un ser con una educación distinguida. Y una sensibilidad elevada, pasional incluso, como buen personaje romántico. Conseguirá expresarse en un francés refinado gracias a espiar –cosa mala, pero aquí pecado venial– a la familia francesa De Lacey. En ellos verá reflejado lo mejor de la raza humana. Pero, ay, también su propia imagen, la repulsa que provoca. Y la decepción le hará ganar velocidad en su *tobogán del odio*.

Resulta conmovedor escuchar la voz de la criatura. Deberían hacerlo todas esas hornadas de jóvenes que crecieron creyendo que era, tan solo, un criminal en el cuerpo de un deforme, incapaz de articular palabras. ¡Menuda oratoria tiene! Ya la quisiéramos algunos de nosotros.

> *Yo debería ser vuestro Adán... pero soy más bien un ángel caído, a quien privasteis de la alegría sin ninguna culpa; por todas partes veo una maravillosa felicidad de la cual solo yo estoy irremediablemente excluido. Yo era afectuoso y bueno: la desdicha me convirtió en un malvado. ¡Hacedme feliz, y volveré a ser bueno! [...] Creedme, Frankenstein: yo era bueno; mi espíritu estaba lleno de amor y humanidad, pero estoy solo, horriblemente solo. Vos, mi creador, me odiáis. ¿Qué puedo esperar de aquellos que no me deben nada? Me odian y me rechazan.*

En la novela de Shelley no existen referencias a la religión (si acaso, muy ligeras, a la de la árabe Safie, un pequeño pero crucial personaje), acaso síntoma de la educación liberal que recibió la joven; todo resulta en apariencia muy laico pese a lo hondo y mitológico del tema. Sin embargo, estas palabras parecen tomadas del Salmo 22 de la Biblia, las que rezan así:

> *Dios mío, Dios mío, ¿por qué me has abandonado? / ¿Por qué estás lejos de mi clamor y mis gemidos? / Lloro de día, y no respondes, de noche, y no encuentro descanso [...] / Pero yo soy un gusano, no un hombre; los hombres sienten vergüenza de mí y el pueblo me desprecia. / Quienes me ven, de mí se burlan, hacen muecas y mueven la cabeza [...] / Pero tú, Señor, no te quedes lejos; ¡fuerza mía, corre a socorrerme!*

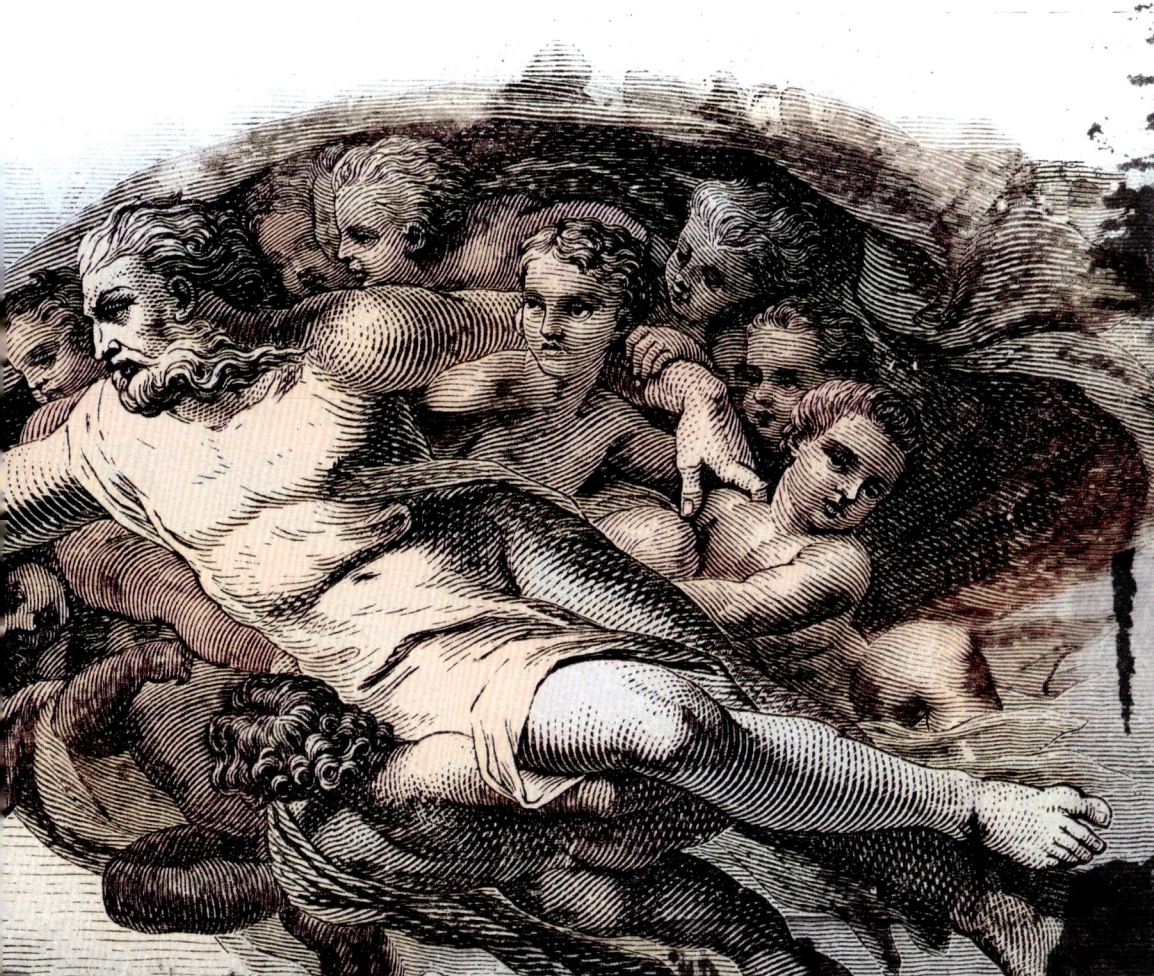

Aquí parece Víctor un dios que nos ofrece la espalda, y su criatura, la humanidad perdida en el libre albedrío, desnortada y falta de amor. En otra faceta, sin embargo, es el científico el que roba el fuego de la vida a los dioses y se lo entrega a los mortales: como el Prometeo del subtítulo.

Desamparada la criatura, con la certeza de que su creador no le otorgará compañía, solo le queda la venganza más atroz, tarea en la que se desenvuelve con soltura y eficiencia. Es entonces cuando pasa de ser a monstruo, porque es una elección consciente, pese a los capotes de *rebelde con causa* que le echa su *otra creadora*, Mary Shelley. Quedaba la resignación, el extinguirse calladamente, perderse como las lágrimas en la lluvia de Roy Batty, como si fuera otro Nexus-6 abandonado. Pero elige destruir a su creador destruyendo su entorno, que es como más daño se causa, como esos sátrapas que ordenaban violar y matar a las familias de sus enemigos, pero no a sus enemigos, a los que *perdonaban* la vida.

Mal camino es ese, y con el paso de las páginas, lo certificamos. En las postrimerías del relato, el monstruo se confiesa al capitán Walton, esa especie de albacea moral de Víctor.

Usted me odia; pero su aborrecimiento no puede igualar la que yo siento por mí mismo. Contemplo las manos con las que he llevado esto a cabo; pienso en el corazón que lo planeó, y me detesto.

¿En qué momento se torció todo? ¿Cuando Víctor decidió crear un ser de la nada (o de cadáveres)? ¿Cuándo, nada más despertar, lo repudió? ¿Cuándo mató sin pretenderlo al joven William? ¿Cuando fue rechazado por la familia De Lacey? ¿Cuando le pidió compañía? ¿Cuando Víctor se la ofrece? ¿Cuando se la niega? Si pudiéramos echar marcha atrás en el tiempo, ¿qué momento borraríamos que haría que todo fuese diferente, y mejor? ¿Cuál es ese punto de divergencia (el punto Jonbar, en la literatura de ciencia ficción) en *Frankenstein*?

Asistimos ligeramente emocionados a la despedida del engendro, que asume que su venganza ha fracasado por inútil, que en ese juego de intercambio de perseguidor y perseguido, ambos han perdido sus vidas y el placer de vivirlas. Aunque, bien es cierto, el monstruo nunca gozó de esto último.

HAY OTRO PERSONAJE QUE APENAS LLEGA A PARECER COMO TAL: LA NOVIA DEL MONSTRUO DE FRANKENSTEIN, UN PROYECTO ABORTADO, PERO DE GRAN IMPORTANCIA PARA LA TRAMA.

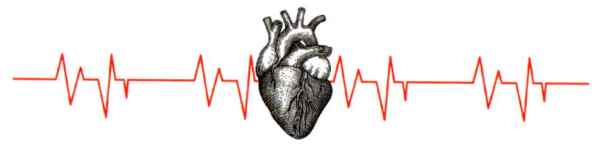

Se despide prediciendo su muerte en la planicie desolada y fría del polo norte. Solo que aquí, a un lector puntilloso, le asalta una última duda. «Me dirigiré al más alejado y septentrional lugar del hemisferio. Yo mismo levantaré mi pira funeraria y me consumiré en cenizas, para que mis restos no puedan sugerir a otro ingenuo desgraciado que puede construir a otro como yo», afirma. Pero recordemos a Frankenstein: «Es elocuente y persuasivo [...] pero no confíe en él. Su alma es tan infernal como su aspecto, podrido y traicionero. No le escuche». Porque, ¿desde cuándo una persona puede, sin apenas más recursos que los que lleva encima, levantar una enorme pira funeraria en un desierto helado?

¿Fue una concesión de Shelley o acaso nos dijo, veladamente, que el monstruo mintió y permaneció entre nosotros? No hay constancia de su muerte, tan solo de sus intenciones. La escritora tuvo, al menos, el detalle de no explotar esa vía con una recaudadora segunda parte: sin duda, porque no nació en nuestros tiempos.

Quién sabe lo que encontraría el monstruo en el polo y si lo que allí halló le hubiera convencido para cambiar de planes. Era una época en la que fantasear con vida en esas latitudes estaba aún permitido. Décadas después, dos grandes escritores fabularon sobre lo que se podría encontrar en el polo (sur, en este caso). Primero fue Edgar Allan Poe quien, en *La narración de Arthur Gordon Pym* (publicada en 1838), nos montó en un malsano barco (el *Grampus*) que pone proa al Polo Sur, donde ya veremos qué encuentra, y si lo encuentra. Ese libro –que, como *Frankenstein*, va moldeando los géneros del terror y la ciencia ficción– tuvo una

De izquierda a derecha, Henry Shackleton, Robert F. Scott y Edward Wilson en la Antártida, durante la Expedición Discovery de 1902.

continuación por parte de Julio Verne en *La esfinge de los hielos* (1897), en la que la goleta Halbrane va en busca de Pym y compañía.

La evolución de la criatura, de ser inocente a convertirse en un asesino atormentado, plantea preguntas sobre la ética científica y la responsabilidad moral de la creación. Es un personaje profundamente humano, a pesar de su apariencia, y nos obliga a cuestionar quién es realmente el monstruo en la historia: él o su creador.

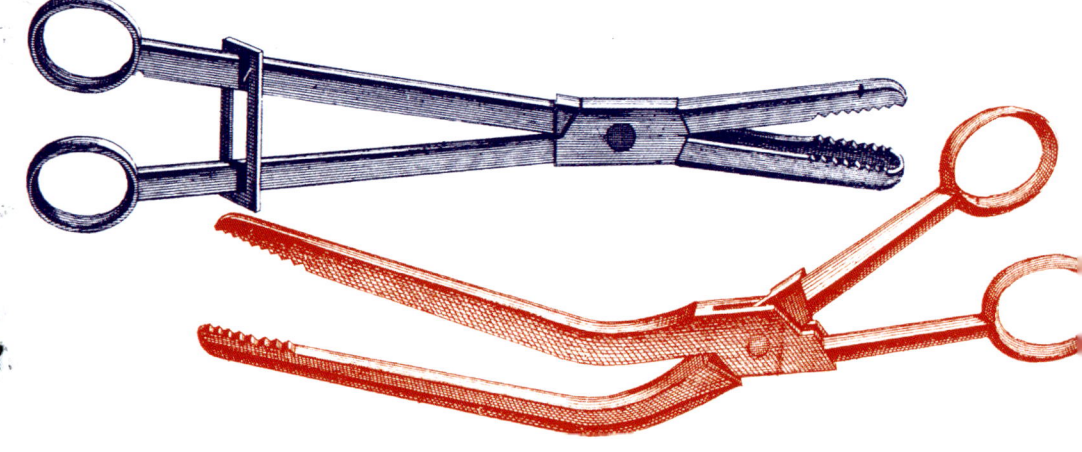

El capitán Walton

He aquí el narrador de la historia, un papel crucial pues, pero sin apenas peso. Cuando Mary Shelley concibió la historia en Villa Diodati, a buen seguro aún no tenía en mente la necesidad de este personaje, sino que surgiría más adelante, quizá ya en Bath, cuando empezó a armar la novela y la comentaba con Percy Shelley. «Víctor Frankenstein no puede relatar toda la acción por razones obvias», pudieron haber dicho. «Se necesita otra voz que contenga la suya». Y surgió este explorador polar tan oportuno, que busca, también como Frankenstein pero de otra manera, expandir los límites del ser humano.

Tampoco sabemos más de él que quiere adentrarse lo máximo posible en el territorio del polo norte, en busca de una nueva ruta a través del Ártico. Para ello se rodea de una tripulación quizá menos noble y heroica que él, pero más sensata. Walton es un aventurero, que anticipa en casi un siglo las figuras míticas de Ernst Shackleton y Robert Falcon Scott. Quizá nos recuerde más a este último, el malogrado explorador y científico, porque parecemos atisbar un espíritu tan cultivado como científico, y muy sensible, que vuela más alto que el espíritu práctico (como se ha achacado al aun así loable Scott).

Desde el principio se muestra como un hombre refinado, que echa en falta un alma igual a la suya con la que compartir la emoción –y el sufrimiento– que implican su desafío a lo inexplorado.

> *No tengo amigo alguno, Margaret; cuando esté radiante con el entusiasmo del éxito, no habrá nadie que comparta mi alegría; si llega el desaliento, nadie se esforzará por disipar mi amargura [...]. Añoro la compañía de un hombre con quien compenetrarme, cuya mirada respondiera a la mía. Me puedes tachar de romántico, pero echo en falta a un amigo. No tengo a nadie cerca que sea tranquilo a la vez que valeroso, culto y capaz, cuyos gustos se parezcan a los míos, que pueda aprobar o corregir mis proyectos.*

El romanticismo azuza la unión de las almas –sin importar el sexo, aquí al menos– y Walton implora por un igual. Frankenstein será ese espejo surgido del hielo y el capitán fungirá como perfecto receptor de la dolorosa historia del científico. Víctor, con su lastimera letanía –y con su egoísmo sin fin–, llegará a exhortarle (en una confusa sucesión de *sé que no puedo pedirle, pero le pido*) que culmine él su obsesionada venganza. Por suerte, Mary Shelley no lo puso en tal brete.

Su deseo de conocimiento lo convierte en un alguien con un suave paralelismo respecto a Víctor Frankenstein, ya que ambos están obsesionados con alcanzar logros extraordinarios, sin considerar del todo las consecuencias. Al igual que Víctor, a Walton lo impulsa su deseo de gloria y descubrimientos. Sin embargo, a diferencia de Frankenstein, aprende de la historia de su nuevo amigo y decide abandonar su expedición para salvar a su tripulación. Si lo pensamos, Walton es el personaje que escucha la advertencia de Frankenstein y actúa con más prudencia. ¿Quiere expresar Mary Shelley con él que aún hay esperanza para la humanidad si se aprende de los errores del pasado? Su decisión final de regresar a casa en lugar de continuar con su peligrosa expedición es un contraste con la obstinación de Frankenstein, lo que lo convierte en un personaje clave para el mensaje que quiere transmitir la novela.

Elizabeth, Alphonse, Henry...

Hay otros personajes imprescindibles en la novela, aquellos a quienes ama Víctor y que van siendo pasto, de una manera u otra, de la furia vengativa del monstruo. Todos ellos presentados como virtuosos, bellos, buenos, justos y hermosos. También De Lacey, Felix, Agatha, Safie… Todos los que se encuentra el monstruo en su camino son seres excepcionales, esbozados con un candor que hoy resulta poco creíble, pero que sirven como contraste, como un subrayado del bien contra el mal, o de la virtud contra la crueldad.

Elizabeth es la prima y eterna prometida de Víctor, desde su más tierna infancia. No puede concebir su vida sin ella, aunque, a la hora de la verdad, esquiva su matrimonio y lo pone por detrás de su pasión científica. Las sucesivas desgracias inherentes a ser parte del círculo íntimo de Frankenstein la van marchitando poco a poco; como a todos, claro, pero lo suyo va más allá del estoicismo. Quiere tanto a su primo que hasta se ofrece a renunciar a él. Más le hubiera valido.

El actor Dwight Frye caracterizado como Fritz, el ayudante del doctor Frankenstein en *Frankenstein* (1931).

EL FINAL DE LA NOVELA HUBIERA PERMITIDO UNA SEGUNDA PARTE, PERO LA ROMÁNTICA MARY SHELLEY NO EXPLOTÓ ESA VÍA, TAN HABITUAL EN NUESTROS TIEMPOS.

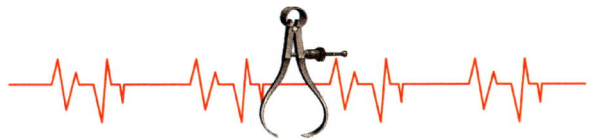

Alphonse es el padre de Frankenstein y sus hermanos, y también funge como padre adoptivo de Elizabeth. Otro personaje tierno, justo, paciente, entregado a Víctor. Otro que sufre, más aún que su hijo, por la falta de responsabilidad de este, sin nunca llegar a saber el porqué de tanta desdicha. Le pone en el camino de la ciencia cuando lo anima a hacer un curso de Filosofía Natural, pero también le advierte de los peligros de tener como brújula científica a alguien oscurantista como Cornelio Agrippa.

Henry Clerval es el mejor amigo de Víctor, compañero de juegos desde su infancia. A diferencia de él, obsesionado con la ciencia y la creación de vida artificial, Henry valora la belleza del mundo natural y el desarrollo moral del individuo. Mientras que Víctor busca el conocimiento sin considerar sus consecuencias, Henry encarna una visión más equilibrada, valorando el arte, la emoción y la amistad. Confidente y abnegado, no pide nada a cambio, ni aunque sospeche que su amigo le oculta la razón de sus pesares. Lo acompaña hasta donde haga falta; si el monstruo es la sombra ominosa que persigue a su creador en las sombras, él es el ángel de la guarda luminoso. Lo cual no es ninguna garantía de acabar bien; antes al contrario.

Henry cumple, de manera involuntaria, una curiosa suplantación. En el universo cinematográfico de los estudios Universal, Frankenstein no se llama Víctor, sino Henry. ¿Fue para incluir de algún modo su personaje? En el Frankenstein de James Whale, Henry tiene un sirviente/ayudante llamado Fritz. Con el paso de los años y de las secuelas, este personaje se convertirá en un jorobado que hizo fortuna en varias películas: el famoso Igor.

Guía de viaje de Frankenstein

Donde el monstruo dejó sus huellas

El espíritu viajero de Mary y Percy Shelley se trasladó a *Frankenstein*. La pareja afianzó su amor con escapadas —la primera vez, de forma *literal*— por media Europa, y los paisajes que contemplaron aparecieron, de una manera u otra, en la novela. Y si hacía falta ir al polo norte, ¡para eso está la imaginación!

No es, ni de lejos, un libro de viajes, pero para no existir aún el tren, en *Frankenstein* encontramos mucho movimiento, un ir y venir continuo y una amalgama de nacionalidades. Mary Shelley también *construyó* Europa, justo cuando el continente empezaba a calmarse tras las sangrientas guerra napoleónicas (1803-1815). El inicio del siglo XIX resultó demasiado *movido* en la Vieja Europa, que vio cómo Napoleón Bonaparte y su triunfal ejército pretendieron expandir por el continente algunas de las ideas de la Revolución francesa. Incluso un alemán como Ludwig van Beethoven parecía de acuerdo con el corso. En 1803, Beethoven compuso su *Tercera Sinfonía*, originalmente subtitulada *Bonaparte*, en honor a quien veía como un líder revolucionario que traía esperanza a Europa. Sin embargo, en 1804, cuando Napoleón se autoproclamó emperador, el compositor, decepcionado, rasgó la dedicatoria de la sinfonía y la renombró como *Sinfonía Heroica*.

La batalla de Waterloo (1874), de Felix Philippoteaux.

MARY VIVIÓ EN UNA ÉPOCA EN LA QUE LA
REVOLUCIÓN INDUSTRIAL DOTABA DE NUEVAS
ARMAS A LOS EXPLORADORES MÁS ATREVIDOS, A
LOS QUE PRETENDÍAN ACERCARSE A LOS POLOS.

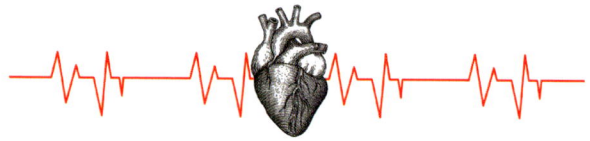

Y no, nada de esto afecta a los personajes de Frankenstein, sobre todo porque está situada en un tiempo anterior (las cartas del capitán Walton se fechan siempre en un intrigante año de 17..). Sin embargo, sí que condicionaron la peculiar *intrahistoria* del cómo se hizo de la novela, puesto que Lord Byron partió hacia el corazón de Europa, entre otras cosas, para contemplar los escenarios de las principales batallas. Sabemos que a Ginebra llegó en su carruaje de encargo que imitaba al de Napoleón. Byron tenía un fuerte interés en la historia militar y visitó el campo de batalla de Waterloo en 1816, poco después de la derrota de Napoleón. Tanto le impactó el horror del conflicto que en el Canto III de su obra *Las peregrinaciones de Childe Harold* (que escribió durante su estancia en Villa Diodati) describió la batalla con una mezcla de fascinación y melancolía. El poeta admiraba a Napoleón y quiso vivir con el mismo dramatismo y espíritu aventurero; no se puede decir que no lo consiguiera, ni que no le costase la vida.

Pero vayamos ya al texto original de Mary Wollstonecraft Shelley, que parte de un lugar bien remoto: San Petersburgo, por entonces la capital de Rusia. La ciudad, fundada en 1703 por Pedro I el Grande en un territorio de marismas arrebatado en acto de guerra a los suecos, se construyó como una «ventana a Europa»: una salida al mar Báltico mediante la que fomentar el comercio —o lo que surgiese— con el oeste del continente. Fue creada desde la nada para servir de capital, al igual que en el siglo xx sucedió con Brasilia, acusada de ser una «ciudad artificial». El levantamiento de San Petersburgo resultó muy costoso en vidas —perecían, año tras año, cerca del 50 % de los trabajadores que llegaban—, debido al frío imperante en la esa latitud y la humedad de las marismas del río Neva. Sin embargo, el paso de los siglos ha borrado esa percepción, dejando al aire la impronta de una de las ciudades más bellas de Europa, construida al estilo de Ámsterdam, más aún que al de Venecia, con la que se la suele comparar.

Allí empieza su relato el capitán Walton, ya que es casi una parada obligatoria para llegar a Arcángel, en el océano Glacial Ártico.

Mapa de San Petersburgo de 1734.

Me encuentro ya muy al norte de Londres, y andando por las calles de Petersburgo noto en las mejillas una fría helada norteña que azuza mis nervios y me llena de gozo. ¿Comprendes este sentimiento? Esta brisa, que viene de aquellas regiones hacia las que yo me dirijo, me anticipa sus climas helados. Animado por este viento cargado de promesas, mis ensoñaciones se hacen más fervientes y reales. Intento en vano convencerme de que el Polo es la morada del hielo y la desolación. Sigo imaginándomelo como la región de la hermosura y el deleite.

De allí, nos dice, cruzará en trineo hacia Arcángel en un viaje peligroso, sobre todo por el frío, «que congela las venas». Para ello ha de abrigarse bien: «No tengo ninguna intención de perder la vida entre San Petersburgo y Arcángel», afirma en la carta a su hermana. Son unos 240 km, hoy un paseo en coche de dos horas disfrutando, por la ventanilla de la izquierda, de las vistas de los lagos Ladoga y Onega, y cruzando los bellos parajes del Parque nacional Kenozyorsky; pero entonces, en diciembre, eso era un viaje de días y poco menos que una invitación al suicidio.

¿Por qué cruzar esa zona en invierno? Lo descubrimos pronto. Walton necesita llegar allí con tiempo para, en el mes de junio, tener todo listo para emprender su conquista del Polo Norte. Y eso no se logra en unos días.

Partiré hacia Arcángel dentro de dos o tres semanas, y pienso fletar allí un barco, cosa que me será fácil si le pago el seguro al dueño; también contrataré cuantos marineros considere precisos de entre quienes están acostumbrados a ir en balleneros.

Arcángel, en el paralelo 64º N, fue el principal puerto marítimo de Rusia hasta 1703, justo cuando San Petersburgo se alzó con la primacía naval rusa. Con 350 000 habitantes es la 50.ª ciudad más poblada del país, y todavía resiste como importante puerto marítimo para navegar por el océano Glacial Ártico. Incluso se atisba un cierto renacer ahora que sus aguas son cada vez, durante más tiempo, líquidas que sólidas. Aunque, a diferencia de la hermosa San Petersburgo, carece de encanto turístico.

LAS TEORÍAS SOBRE EL ÁRTICO

Durante la mayor parte de la historia, no se supo qué había en la región del Polo Norte: ¿mar, hielos, tierra? Sin embargo, desde el siglo XVI aproximadamente, se impuso la teoría del *mar polar abierto*, es decir, que justo en el polo norte y alrededores, habría una masa de agua, algo así como un mar interior (una *polinia*, en lenguaje científico). El principal argumento que sostenía esta idea era que el hielo marino se forma solo en la proximidad de la tierra (una teoría falsa, por lo que ahora ya se sabe), y prácticamente se descartaba que hubiera tierra allí. Otro afirmaba que las regiones más frías estarían alrededor de los 80° N, en lugar de en el mismo polo; incluso se tenían en cuenta los patrones de migración de algunos animales, que sugerían que la región polar era un lugar acogedor.

Es probable que Mary Shelley estuviera influenciada por las nuevas exploraciones polares que se desencadenaron en las primeras décadas del siglo XIX, y decidiese incluir una de ellas como sostén argumental para su *Frankenstein*.

Mapa de Gerard Mercator del Polo Norte, de 1606.

En la actualidad, los viajes turísticos al lugar considerado como el polo norte geográfico de la Tierra son ya una realidad.

Explorando el Polo Norte

Una vez reunidos el barco y la tripulación, el bueno del capitán Walton zarpa hacia el Polo Norte… ¿En busca de qué? De aquello que los exploradores antiguos ansiaban: de lo desconocido. No ofrece más datos –la novela no va de eso, es un *macguffin* en toda regla– pero sí que sabemos cómo estaba entonces el asunto polar (ver recuadro en página anterior).

Encajonados entre los hielos polares, Walton y su tripulación llegan a divisar «un ser que tenía todo el aspecto de ser un hombre, pero de una altura gigantesca, iba sentado en un trineo y guiaba a los perros», visión que los deja (lo preveíamos) helados. También nos podemos imaginar quién era, sobre todo porque horas después se cruzan con otro trineo, otro perro y un conductor: este sí, Víctor Frankenstein, quien subirá al barco solo tras asegurarse de que se dirige, como su monstruo, al norte.

VÍCTOR FRANKENSTEIN ES GINEBRINO, PERO VIAJA A INGLATERRA Y ESCOCIA Y CRUZA EUROPA POR EL RÍO RIN. SON LUGARES DE MUCHO PESO EN LA BIOGRAFÍA DE MARY SHELLEY.

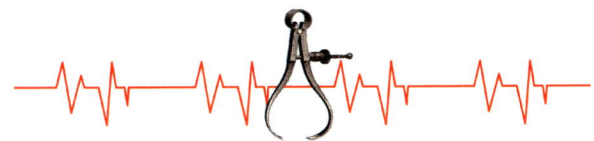

Por cierto, en este punto ponemos el modo de editores quisquillosos y le enmendamos la plana a la buena de Mary Shelley, quien —apostamos— no tenía a mano una buena conexión a internet ni —por lo que se ve— grandes amistades en el mundo de la geografía natural. En dos párrafos contiguos se afirma que «antes de que cayera la noche» y «por la mañana, en cuanto amaneció», cuando en la latitud en la que se encontraban Walton y compañía, ese 5 de agosto en que está fechada la carta, el sol no se pone. El capitán estimaba que se encontraban ya a varios centenares de millas de cualquier costa, lo que indica que ya habrían pasado con suficiencia el paralelo 66° N, que marca el círculo polar ártico, probablemente cerca ya del 70° N.

La patria chica de Frankenstein

Ha llegado el momento de dejar los fríos polares atrás e irnos a la acogedora y tropical Suiza. Bueno, damos fe de que sus veranos ya no son como los de antes, y mucho menos como el que vivieron allí en 1816 Mary Shelley y sus amigos. La cercanía de Ginebra, en el extremo occidental del país (casi completamente rodeada de territorio francés), respecto a la Villa Diodati, influyó en la narración de la novela hasta el punto de convertir a Víctor Frankenstein en un ginebrino de rancio abolengo.

Como sabemos, Ginebra es la capital del cantón homónimo y la ciudad más poblada de Romandía (o Suiza francesa) y destaca como centro mundial de la diplomacia por la presencia de varias organizaciones internacionales, como muchos de los organismos de las Naciones Unidas y de la Cruz Roja. Es más: es la ciudad que alberga el mayor número de organizaciones internacionales del mundo. Históricamente se la conoce, entre otras cuestiones, por ser la principal sede del calvinismo, y sirvió de refugio a los católicos e intelectuales perseguidos por la Iglesia católica, cuestión por la que fue conocida como *la Roma protestante.*

Se alza a la orilla del lago Leman, en el que se bañaron –al menos hasta los tobillos, suponemos– Shelley y cía durante el famoso estío de 1816. Esa masa de agua se forma gracias a los vertidos del Ródano por su parte este y sale por la parte oeste, es decir, por la misma Ginebra, a la que parte en dos. El lago Leman también baña (justo en la embocadura oriental) el castillo de Chillon, que atrajo a multitud de escritores románticos durante el siglo XIX, entre ellos, por supuesto, a Lord Byron y Percy Shelley durante nuestro verano de referencia.

En la actualidad, Ginebra resulta muy reconocible por su *Jet d'Eau* («chorro de agua»). Hubo una primera versión en 1886 y en 1891 se

Panorámica de Ginebra y el lago Leman, con el *Jet d'Eau* al fondo.

Litografía del Castillo de Chillon, de finales del siglo XIX.

instaló en su ubicación actual para celebrar el Festival Federal de Gimnasia y el 600.º aniversario de la Confederación Suiza. Por entonces, su chorro se elevaba 90 m. El actual, renovado en 1951, llega a los 140 metros: una *monstruosidad*, desde luego.

La época universitaria en Ingolstadt

Si hemos paseado por la cuna de Víctor, no debemos hacer de menos a la del monstruo (sobre todo teniendo en cuenta cómo se las gasta y lo sensible que resulta al menosprecio).

Cuando contaba diecisiete años, mis padres decidieron que fuera a estudiar a la universidad de Ingolstadt. Hasta entonces había ido a los colegios de Ginebra, pero mi padre consideró conveniente que, para completar mi educación, me familiarizara con las costumbres de otros países.

Pues –no sin antes vivir un desgraciado incidente– Víctor pondrá rumbo a esta ciudad del estado de Baviera, en el sur de Alemania y cercana a Múnich. Ya a finales del siglo XVII –cuando se supone que transcurre la acción– era célebre por su universidad, fundada en 1472 por el duque de Baviera Luis IX. Baviera era en época de Víctor Frankenstein el Electorado de Baviera (en alemán, el *Kurfürstentum Bayern*) dependiente del Sacro Imperio Romano Germánico. En 1806, tras la disolución del Imperio, se convirtió en el Reino de Baviera, y bajo esa denominación lo conoció Mary Shelley. El ejército de Napoleón invadió la ciudad en

INGOLSTADT, CERVEZA E ILLUMINATI

Ingolstadt no cuenta entre las ciudades alemanas más conocidas allende sus fronteras y, sin embargo, mantiene una rica y curiosa historia. Si antes contábamos que Ginebra fue un centro de la Reforma protestante de Juan Calvino, Ingolstadt lo fue de la Contrarreforma de la Iglesia católica romana, cuyas ideas se impulsaron desde su universidad. También en el siglo XVI, en Ingolstadt, Guillermo IV de Baviera dictó la *Ley de la pureza*, que contra lo que se pudiera pensar a bote pronto, no es una cuestión racial, sino de sanidad alimentaria. Dicha ley establecía que la cerveza solo se podía elaborar a partir de tres ingredientes: agua (mejor de manantial), cebada malteada y lúpulo. Contra esta pureza no hay mucho que objetar. Funcionó tan bien que se mantuvo hasta 1986, cuando entraron normativas europeas.

Otro curioso suceso histórico es la fundación, el 1 de mayo de 1776, de la Orden de los Illuminati (o Iluminados), la primera y original sociedad secreta que puede arrogarse ese nombre. Fue el profesor Adam Weishaupt (oriundo de Ingolstadt) quien la fundó, con la intención de oponerse a la influencia religiosa y los abusos de poder del Estado. Era una sociedad de estilo masónico, librepensante y progresista, que pronto se ganó las antipatías del poder, que la prohibió y tuvo que disolverse en 1785. Más tarde, hubo quien acusó a los Iluminados de estar tras la Revolución francesa, y la literatura y el cine se encargaron de ampliar (y deformar) su mito, tratándolos de turbios agitadores, urdidores de conspiraciones.

julio de 1799 y destruyó la hasta entonces inexpugnada fortaleza de la ciudad, lo que acabó por provocar el traslado de la universidad a la cercana ciudad de Landshut, donde perduró hasta 1826, cuando se trasladó a Múnich, donde hoy se la conoce con el nombre de universidad Ludwig Maximilian.

Víctor Frankenstein pasará allí los mejores años de su juventud, cuando deje de ser tan solo un curioso fascinado por el lado oscuro de la ciencia para convertirse en una eminencia en Química y Fisiología... sin dejar de lado esa fascinación.

El casco antiguo de Ingolstadt, flanqueado por el río Danubio.

> *A menudo me preguntaba de dónde vendría el principio de la vida. Era una pregunta osada, ya que siempre se ha considerado un misterio. Sin embargo, ¡cuántas cosas estamos a punto de descubrir si la cobardía y la dejadez no entorpecieran nuestra curiosidad! Reflexionaba mucho sobre todo ello, y había decidido dedicarme preferentemente a aquellas ramas de la filosofía natural vinculadas a la fisiología [...]. Para examinar los orígenes de la vida debemos primero conocer la muerte. Me familiaricé con la anatomía, pero esto no era suficiente. Tuve también que observar la descomposición natural y la corrupción del cuerpo humano.*

Los esfuerzos de Víctor obtienen, como sabemos, su recompensa, y «una lluviosa noche de noviembre», su criatura abre los ojos al mundo, en una especie de parto aséptico y opresivo. Y, enseguida, se echa a las calles de Ingolstadt y llega a los bosques, de cero a cien en el oficio de vivir, expulsado a una supervivencia salvaje, como un ñu recién nacido en la sabana africana... Pero sin una manada que lo proteja.

> *Recuerdo con gran dificultad los primeros instantes de mi existencia; todos los sucesos se me aparecen confusos e indistinguibles [...]. Llegué hasta el bosque de Ingolstadt, donde me tumbé a descansar cerca de un riachuelo, hasta que sentí el dolor del hambre y la sed y abandoné el sopor en que había caído. Comí algunas bayas que encontré en los árboles o esparcidas por el suelo, calmé mi sed en el riachuelo y me volví a dormir.*

La literatura encontrada

El futuro monstruo pasará un tiempo en los bosques; quién sabe si en el cercano bosque de Dürnbuch (un recoleto lugar, hoy paraíso de ciclistas y senderistas). La pujanza económica de Baviera se llevó por delante mucho de un territorio que aún guarda salpicados recuerdos de un antiguo y exuberante verdor. En ese terreno encontró una bolsa con tres

Referenciados en el mapa, algunos de los lugares relacionados con *Frankenstein*: **1.** Ginebra. **2.** Ingolstadt. **3.** Estrasburgo. **4.** Maguncia. **5.** Londres. **6.** Edimburgo. **7.** Islas Orcadas. **8.** París. **9.** Bath. **10.** Darmstadt.

libros que marcarán su crecimiento personal. Nunca hay que despreciar la compañía de los libros, parece querer decirnos Shelley, y más si son excelentes. Es el caso de *Las penas del joven Werther* (Johann Wolfgang von Goethe, 1774), *El paraíso perdido* (John Milton, 1667) y *Vidas paralelas* (Plutarco, siglo II). Cualquier viajero –y esta criatura va a serlo de veras– necesita un buen viático para el camino y las reflexiones que provocaron en él lo acompañaron en su futuro. No es casualidad que Shelley lo hiciera tropezar con esos tres ejemplares.

El primero de ellos es uno de los libros más famosos –si no el que más– de Goethe (1749-1832), el escritor romántico por excelencia, quien tenía

Izquierda: grabado francés de 1583, que representa a Plutarco. Derecha: retrato de John Milton, de autor desconocido. Abajo: retrato de Goethe, en un óleo de 1823 de Joseph Karl Stieler.

en alta estima a Lord Byron, si bien no llegaron a conocerse nunca en persona. Goethe era, ya en 1816, una figura consagrada de la literatura alemana, admiraba profundamente la poesía de Byron. En particular, quedó impresionado por *Las peregrinaciones de Childe Harold*, considerándolo una obra maestra. Goethe llegó a afirmar: «Byron es realmente un genio, el más grande de nuestra época». Incluso vio en Byron una versión más radical de su propio personaje Fausto, alguien que encarnaba el espíritu del Romanticismo con su rebeldía, pasión y búsqueda de lo absoluto. Byron, por su parte, escribió su poema dramático *Manfred* (1817) bajo una fuerte influencia del *Fausto* de Goethe.

En 1840, más de una década después de la muerte del alemán (fallecido en 1832), Mary Shelley viajó a Weimar, donde visitó la casa de Goethe. En sus escritos de viaje, expresó su respeto por el poeta y su legado. Cuando Mary Shelley escribió *Frankenstein*, por supuesto conocía *Fausto* (1808) con quien comparte asuntos de fondo similares:

- La búsqueda del conocimiento prohibido: Víctor Frankenstein, como Fausto, desea alcanzar un saber más allá de lo permitido.

- El precio de la ambición: tanto Frankenstein como Fausto terminan sufriendo las consecuencias de su arrogancia.

- El rechazo de la creación: Así como Mefistófeles se rebela contra Dios en *Fausto*, la criatura de Frankenstein se rebela contra su creador.

Con la obra de Milton también existían lazos anteriores. El gran poeta inglés (1608-1674) era uno de los favoritos de Percy Bysshe Shelley, confeso admirador suyo, que había escrito ensayos sobre *El paraíso perdido*. Esta obra cumbre de la literatura anglosajona relata la historia de Adán y Eva, su adiós al Paraíso, el rechazo de Dios y la caída de Lucifer/Satanás. Cuando la criatura lee este libro no puede evitar identificarse con Adán, pues fue creado por un ser *superior* (Frankenstein). Sin embargo, también se siente como Satanás, porque su creador lo ha rechazado y lo ha dejado solo en el mundo; como este, se rebela ante su Dios; se cree, incluso, más desafortunado que el ángel caído; sobre todo, más solo.

El paraíso perdido despertó en mí emociones distintas y mucho más profundas. Lo leí [...] como si fuera una historia real [...]. Me impresionaba lo parecido de sus historias con la mía, y a menudo me identificaba con ellas. Como a Adán, me habían creado sin ninguna relación aparente con otro ser humano, aunque en todo lo demás su situación era muy distinta a la mía. Dios lo había creado como una criatura perfecta, feliz y confiada, protegida por el cariño que su creador había depositado en él; podía conversar con seres de esencia superior a la suya y adquirir mayor saber de ellos. Pero yo me encontraba desdichado, solo y desamparado [...]. Satanás tenía al menos compañeros, otros demonios que lo admiraban y animaban. Sin embargo, yo estoy solo y todos me desprecian.

Con Plutarco, al menos, no se fustiga, sino que encuentra cierto alivio. El conocimiento que le proporcionan esas *Vidas paralelas* le enseña «nobles ideales». Esta obra de Plutarco consta (en lo que nos ha llegado hasta hoy) de 22 pares de biografías, en las que cada par enfrenta a un personaje griego con otro romano, dejando aflorar en cada uno de ellos el componente moral, por encima de la narración histórica. Gracias a Plutarco, la criatura siente «crecer en mí una gran pasión por la virtud y un inmenso odio por la corrupción».

Con estos libros, en definitiva, aprende a distinguir el bien del mal, a conocerse por dentro y a entender —o intentarlo, ¿quién lo ha logrado del todo?— el mundo que le rodea. No está nada mal para quien consideramos un monstruo.

Vista del macizo del Mont Blanc desde el valle del Arve.

El valle de Chamonix

Mientras dejamos a la criatura desolada en su viaje hacia Ginebra para conocer a su creador, damos un viaje hacia delante en el tiempo y nos encontramos a Víctor de nuevo en Suiza, en un viaje hacia los Alpes con su padre, para encontrar allí de nuevo la paz perdida. Lo bueno de ser suizo y de que pesen dos crímenes sobre tu cabeza es que siempre te puedes ir a esas montañas inmensas, a ver si ellas limpian lo que tú ensuciaste. No siempre funcionará, pero al menos eso te llevas. Algo así debió de pensar –inconscientemente– Víctor Frankenstein.

> *El tiempo era maravilloso, y si mi pena hubiera sido de esas que una circunstancia pasajera hubiera podido disipar, esta excursión sin duda hubiera proporcionado el resultado que mi padre se proponía. Así y con todo, me sentía algo interesado por el paisaje, que a ratos me apaciguaba, si bien nunca anulaba mi pesar [...]. Nos dimos cuenta de que el valle que atravesábamos, formado por el río Arve cuyo curso seguíamos, se iba angostando a nuestro alrededor, y al atardecer nos encontramos ya rodeados de inmensas montañas y precipicios, y pudimos oír el furioso rumor del río entre las rocas y el estruendo de las cataratas.*

En efecto, el río Arve confluye con el Ródano en Ginebra, así que solo tienen que seguir su cauce río arriba para llegar hasta las montañas alpinas. Este paisaje espectacular lo conocía bien Mary Shelley desde su primer viaje a Suiza, dos años antes de su estancia en Villa Diodati, que relató en su *Historia de un viaje de seis semanas* (ver el recuadro en página 112). En esta excursión, Víctor y su padre se pueden deleitar con los parajes del valle de Chamonix (donde se celebraron los primeros Juegos Olímpicos de invierno en 1924) y del valle de Servox, ambos bajo la sombra del Mont Blanc y sus 4 805 m de altitud, el pico más alto de los Alpes, rodeado de las Agujas, un grupo de aristas de roca granítica.

En un momento de exaltación de la individualidad y de la naturaleza —muy del gusto romántico—, Víctor subirá hasta una cumbre desde la que contemplará, extasiado, el valle, en una escena que recuerda a la de *El caminante sobre el mar de nubes*, de Caspar David Friedrich (uno de los popes del Romanticismo en la pintura), que completó en 1818, curiosamente a la par que Mary Shelley publicó *Frankenstein*.

El ascenso es pronunciado, pero el camino zigzaguea y permite escalar la montaña casi vertical. Es un paraje de terrible desolación [...]. Miré el valle a mis pies. Sobre el río que lo atraviesa se levantaba una espesa niebla, que subía en densas columnas alrededor de las montañas de la vertiente opuesta, cuyas cimas se escondían entre las nubes. De las nubes oscuras caía una lluvia torrencial que contribuía a la melancolía que desprendía todo lo que me rodeaba. ¿Por qué presume el hombre de una sensibilidad mayor a la de las bestias? Si tan solo sintiésemos hambre, sed y deseo, casi seríamos libres.

Allá arriba encuentra Víctor el *Mer de Glace* («mar de hielo»), un glaciar en vertiente norte del macizo del Mont Blanc, de 7 km de largo y 200 m de profundidad, el más largo de Francia (porque ya se halla en territorio galo). Datos para la actualidad, porque desde 1830, ha perdido 2,5 km de longitud y más de 150 m de espesor debido al cambio climático. Como buen río de nieve, se desliza lento, pero implacable, a un ritmo de un centímetro al día. Seguro que a Víctor no le dio tiempo a

El caminante sobre el mar de nubes (1818), Caspar David Friedrich, una de las obras maestras del Romanticismo.

HISTORIA DE UN VIAJE DE SEIS SEMANAS

Unos meses antes de la publicación de *Frankenstein*, Mary y Percy Shelley publicaron *Historia de un viaje de seis semanas por Francia, Suiza, Alemania y Holanda*; con cartas descriptivas de una navegación por el lago de Ginebra y los glaciares de Chamonix (más conocido como *Historia de un viaje de seis semanas*). Esta obra cuenta los dos viajes que realizaron, junto con Claire Clarmont, por Europa; uno en el verano de 1814, otro en 1816. En realidad, fue compendiada tras terminar *Frankenstein* en el verano de 1817, pero encontró un editor antes. El texto consiste en tres partes: un diario a cuatro manos entre Mary (sobre todo) y Percy, cuatro cartas, y el poema de Percy *Mont Blanc*.

El libro entronca de lleno con la tradición de libros de viaje de aquellos que se lanzaban al *Grand Tour*. No fue un éxito rotundo de ventas, pero tuvo una buena acogida por parte de la crítica. Fue el primero, como tal, de Mary, aunque en la portada figurase el nombre de su marido y no el de ella. Gracias a esta obra sabemos de las opiniones políticas de la pareja y, ligeramente, como fue la vida del trío durante esos viajes. Como curiosidad, hay que citar que en el prólogo se dice que Mary y Shelley ya eran una pareja casada, cuando durante esos veranos no eran más que amantes y Percy aún seguía casado con Harriet, su primera esposa. Sin duda, publicar un libro de dos jóvenes adúlteros habría resultado escandaloso entonces y prefirieron ocultarlo.

Las agujas del Mont Blanc y, a la derecha, el *mer de Glace*.

percatarse de eso, y menos porque en ese paraje mezcla de hermosura y desolación, se le aparece, como salido de la nada, «avanzando hacia mí a velocidad sobrehumana, saltando sobre las grietas del hielo por las que yo había pasado con tanta cautela», un *viejo amigo*: su criatura.

> *Todos odian a los desgraciados. ¡Cuánto, pues, me odian a mí que soy el más infeliz de los seres vivos! Sin embargo, vos, creador mío, me detestáis y me rechazáis, a mí, vuestra criatura, a quien estáis unido por lazos que solo desatarán la muerte de uno de los dos.*

Es allí donde Víctor accede a la singular petición del monstruo, que provoca un largo (en tiempo y duración) viaje.

Por Centroeuropa hasta las islas

Cuando Víctor acepta el encargo de fabricarle una novia a su criatura, toma una extraña decisión: hacerlo en Inglaterra y pasar allí uno o dos años, como si el tiempo le sobrase, como si la amenaza del monstruo no pesara sobre él. O como si la muy británica Mary hubiera pensado: «Está bien haber situado esta novela allí donde he viajado, pero no debería hacer de menos a mi tierra natal». Y, bajo el pretexto de conocer los descubrimientos de otros científicos, «imprescindibles» para su tarea (pero ¿no lo había hecho ya una vez, a solas, en su torre de Ingolstadt?), emprende con su amigo Henry Clerval un viaje hacia Gran Bretaña.

Mary Shelley vuelve a aprovecharse de su experiencia vital (aún corta, pero que a sus 18 años comprende ya un par de buenos periplos por Europa) y recicla y calca el viaje de vuelta a Inglaterra de 1814 sobre las aguas del Rin, por entonces el medio de transporte más barato… Y también el más peligroso, por la combinación de aguas rápidas y barcas poco fiables. Así, Víctor y Henry (como Mary, Percy y Claire en su momento) se sube a una nave en Estrasburgo, por donde pasa el Rin, rumbo a Londres. «Habíamos acordado bajar el Rin en barco, desde Estrasburgo a Róterdam. Durante aquel trayecto pasamos junto a pequeñas islas y pudimos visitar algunas bellas ciudades», anota Frankenstein. Clerval es más pasional. Quizá sean los recuerdos de Mary Shelley los que hablen a través de él:

> *He visto los parajes más hermosos de mi país. He visitado los lagos de Lucerna y Uri, donde las nevadas montañas se desploman sobre el agua [...]; he visto las montañas de La Valais y las de Pays de Vaud, pero esta región, Víctor, me gusta mucho más que todas aquellas maravillas. Las montañas de Suiza son más majestuosas y extraordinarias; pero hay un encanto especial en las márgenes de este río tan divino, como no he visto jamás.*

Y sí, parten desde Estrasburgo en una barca, tal y como se sigue pudiendo hacer hoy en día, pero con menos peligros que entonces. Además de una vía de comercio fluvial, existen varios cruceros turísticos y también existe la posibilidad –para quien sepa y pueda– de alquilar un barco y pilotarlo hasta el puerto que se desee. Mientras nos lo pensamos, podemos seguir el recorrido de nuestros protagonistas por Maguncia, ciudad por cuyo paso este libro –como cualquier otro– ha de persignarse, puesto que es la ciudad natal de Johannes Gutenberg y donde instaló su taller de tipos móviles; es decir, donde echó a andar la imprenta moderna. Y de aquellos polvos, estos saludables barros terapéuticos.

El monumento Niederwald (derecha), terminado en 1883 para conmemorar la unión de Alemania, en las cercanías de Rüdesheim, sobre el cauce del Rin y campos de vides.

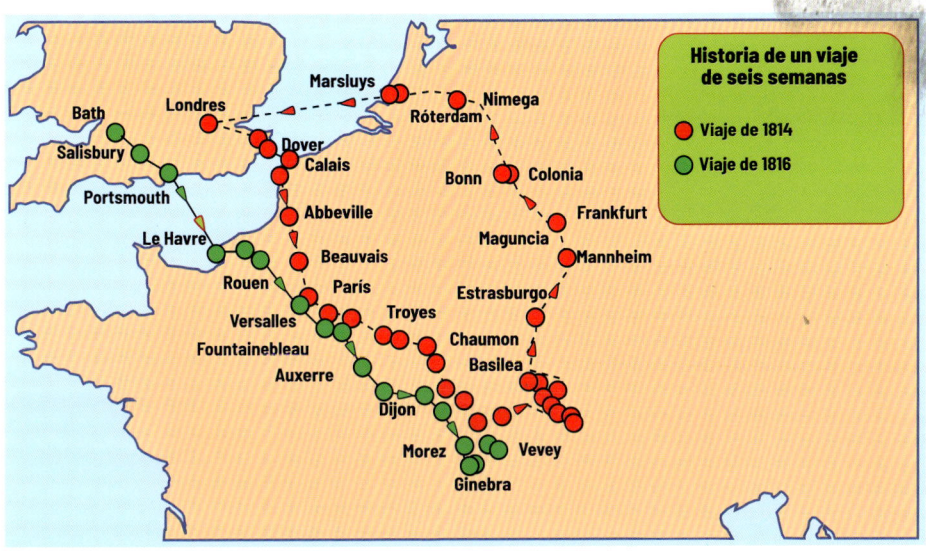

Historia de un viaje de seis semanas

● Viaje de 1814
● Viaje de 1816

Las rutas de los viajes de Mary, Percy y Claire en los veranos de 1814 y 1816 (en este último, solo la ida).

A la altura de Maguncia, esa parte aún se conoce como el Rin Superior. Cerca de Colonia se considera el Rin Medio, cuya primera mitad se denomina la «garganta del Rin», donde el cauce se estrecha y aparecen más de 40 castillos y fortalezas de la Edad Media. Es tan pintoresco el paisaje que, desde 2002, es considerado Patrimonio Mundial de la Unesco y recibe el sobrenombre de «Rin Romántico», para deleite de los muy románticos Mary y Percy.

Fotografía coloreada del risco Lorelei, de finales del siglo XIX.

Toda esta zona tiene un gran significado para los autores románticos alemanes. Allí, cerca de Coblenza, se halla el risco Lorelei, una montaña escarpada de 120 m, que recibe ese nombre por la hermosa sirena del río Rin que atraía a los navegantes desde la roca con su belleza y sus dulces cantos, causando naufragios y desastres. Richard Wagner, el compositor alemán romántico por excelencia, situó en el Rin *El ocaso de los dioses*, la cuarta parte de su magna obra operística *El anillo del nibelungo*. Por supuesto, también es una zona de gran interés vitivinícola: nada más romántico que una cena galante con un vino del Rin como catalizador de las pasiones por llegar, dicen.

El río serpentea con agilidad entre colinas no muy altas, pero de pendientes escarpadas y bellas formas. Contemplamos muchos castillos en ruinas que se arrimaban imprudentes al borde de altos e inexpugnables precipicios, rodeados de bosques impenetrables [...]. De pronto, florecen los viñedos, surgen ciudades populosas [...]. Viajábamos durante la vendimia y oíamos las canciones de los jornaleros mientras nos deslizábamos río abajo.

Tilbury Fort, en la desembocadura del río Támesis.

Es en Colonia donde comienza el Bajo Rin, el cauce se ensancha más aún y las aguas se lo toman con más calma. Tanta, que ya en las llanuras de los Países Bajos Víctor y Clerval se bajan del barco: «El viento era contrario y la corriente del río, demasiado lenta para llevar la nave». Es probable, por el detalle con el que se relata la experiencia por los húmedos llanos holandeses, que a Mary, Percy y Claire les sucediera lo mismo.

Desde Róterdam embarcan rumbo a Inglaterra, por supuesto hacia a la desembocadura del río Támesis, la forma más sencilla de llegar hasta Londres, su destino final. Poco a poco remontan el río y citan, entre otras, la visión de Tilbury Fort «y recordamos la Armada Española». En efecto, en 1588, este fuerte fue escogido como centro de operaciones de las defensas inglesas contra la Armada Española del rey Felipe II y el ejército que este había preparado para invadir Inglaterra. Allí, la reina Isabel II arengó a sus tropas con un discurso vibrante, que recuerdan los libros de historia.

En tierras británicas

En Londres, pues. Les reciben desde la lejanía «las múltiples agujas de Londres, con San Pablo elevándose sobre todas las demás, y la Torre [...]. Decidimos permanecer algunos meses en aquella ciudad famosa y maravillosa», detalla Víctor. Mary Shelley los lleva a su ciudad natal, donde se crio y vivieron sus antepasados. Una ciudad repleta de «hombres de genio y talento», como lo eran su marido y su padre. Y mujeres, como ella o como lo había sido su madre.

Tras esos meses, en los que Víctor prepara con desgana su «nueva creación» y Clerval aprovecha para disfrutar como es debido, ambos hacen lo mismo que las tropas hispanas cuando fueron derrotadas en primera instancia en el sur de Inglaterra: se encaminan hacia el norte, hacia Escocia. Reciben una invitación de un escocés para visitar sus tierras y Víctor acepta, como si no tuviera prisa alguna, como si el tiempo no corriera en su contra. Al menos visita lugares hermosos, incluso fascinantes, como Windsor, Oxford, Matlovk y los lagos de Cumberland.

Catedral de San Pablo, en Londres.

Paisaje urbano de Oxford con Radcliffe Camera, Reino Unido.

Dejamos Londres el 27 de marzo y nos quedamos unos días en Windsor, paseando por su hermosísimo bosque. Este paisaje era completamente nuevo para nosotros, habitantes de un país montañoso; los robles majestuosos, la abundancia de caza y las manadas de altivos ciervos constituían una novedad para nosotros [...]. La universidad de Oxford es antigua y pintoresca; las calles, casi magníficas; y el delicioso Isis, que corre por entre prados de un exquisito verde, se ensancha formando un tranquilo remanso de agua, donde se reflejan el magnífico conjunto de torres, campanarios y cúpulas que asoman por entre los viejos árboles.

Esa zona del norte de Inglaterra, ya lindando con Escocia, le recuerda a Víctor su Suiza natal, con los lagos, el verdor y las montañas, a las que solo les faltan los penachos blancos en las cumbres para igualar a los Alpes. Se tienen que despedir, con pesar, de esa zona encantadora.

El lago Buttermere, en la región de Cumberland.

«La vida del viajero –afirma– también tiene sus pesares. Cuando comienza a amar a un lugar, debe partir en busca de algo nuevo, que a su vez deberá abandonar por otra novedad». La sacrificada vida del viajero, Víctor.

Cuando los dos amigos llegan a Edimburgo, contemplan «la belleza y la regularidad» de la ciudad y, sobre todo, sus alrededores «los más bonitos del mundo»: el Trono de Arturo, el Pozo de San Bernardo y Pentland Hills. Pasan por Saint Andrews, la cuna mundial del golf, y por la orilla del río Tay llegan hasta Perth, donde les espera su hospedador. Pero es allí –al fin, al fin– donde a Víctor se le impone su conciencia y decide continuar solo para poder encarar aquello por lo que partió tantos meses atrás. Y decide llegar hasta el límite septentrional de Gran Bretaña y desde allí recalar en una pequeña isla de las Orcadas.

Un largo viaje para formar un laboratorio que bien podría haber levantado en cualquier caserío suizo, porque en esa isla habitada por cinco personas «famélicas y esqueléticas» nada podía encontrar, más que lo que portase consigo a la espalda. Ni siquiera un cementerio con moradores recientes para ensamblar la nueva criatura. Durante toda la novela, la autora pasa de puntillas por toda la cuestión técnica –elipsis que pudo ser un acierto, ya que la historia no va de eso–; no obstante, aquí la «suspensión de la incredulidad», el pacto no escrito que asume cualquier lector para dejar de lado su sentido crítico, se renueva de manera muy justa. Sin duda, Mary Shelley quiso incluir en *Frankenstein* sus periplos por Europa y Escocia (donde de pequeña pasó algún verano maravilloso), llevada por su afición a la literatura de viajes, porque desde el punto de vista meramente narrativo y, sobre todo, desde el científico, no se sostiene demasiado.

El río Leith, cruzando el Dean Village, en Edimburgo.

La escarpada costa de las Orcadas. Aquí, la ensenada conocida como Castillo de Yesnaby.

Ciudades y casualidades

Nuestra siguiente escala es, de una manera muy genérica –y también, quimérica– Irlanda. La barca a la deriva lleva a Frankenstein a la costa de este país (en el siglo XVIII, parte de Gran Bretaña), sin ofrecer más datos. Son, por mar, no menos de 400 km… Sin embargo, allí encuentra el cadáver de su amigo Clerval, recién asesinado por su monstruo. ¡Triple casualidad!

- Que Frankenstein acabase allí, a la deriva.

- Que el monstruo *también* hubiera llegado allí.

- Que Clerval *también* se encontrase allí.

Con la suspensión de la incredulidad al límite, la historia tiene que avanzar y lo hace camino a Dublín, donde Frankenstein y su padre apenas se detienen para poner rumbo a París, ciudad en la que se detienen unas semanas, «porque mi padre tenía unos negocios que atender». De nuevo, para estar bajo amenaza de muerte, Víctor se lo vuelve a tomar con calma. Desde luego, eran otros tiempos, menos apresurados que los nuestros. Eso, o volvemos a mirar de soslayo al científico.

Por París pasaron realmente Mary, Percy y Claire en 1814, dejando por escrito que Notre Dame les «decepcionó» y que en el Louvre «solo había un cuadro que mereciera la pena». ¿Pecados de juventud, altanería de las islas? En cualquier caso, de allí volvemos a Ginebra donde, de alguna manera, se cierra el círculo. Lo que suceda en ese lugar cambiará las tornas: volverá al perseguidor en perseguido y devolverá el relato a la voz del capitán Walton, allá en las alturas polares. Habrán sido ya decenas de miles de kilómetros recorridos por creador y criatura a lo largo de varios años (no menos de cinco), con puntuales encuentros (como los duelistas napoleónicos de *El duelo*, la novela de Joseph Conrad). Y lo que empezó mal no podía acabar bien.

Estatua dedicada al monstruo de Frankenstein erigida en la ciudad suiza de Ginebra.

Bath, otra ciudad Frankenstein

Además de los lugares por los que transita la novela, hay otros puntos importantes para el mito de Frankenstein. Uno es Bath, ciudad que reclama, con algún derecho, ser considerada la *ciudad de Frankenstein*. Esta hermosa ciudad del condado de Somerset, en el sudoeste de Inglaterra es donde, en realidad, se escribió la mayor parte de la novela. Sabemos de sobra que *Frankenstein* se concibió aquel verano sin verano de 1816, en la Villa Diodati, a orillas del lago Leman. Pero una novela de cerca de 300 páginas no se escribe en un verano, con un recién nacido a cuestas. El verano en Suiza acabó a finales de agosto y Mary, Percy y Claire volvieron a Inglaterra y se establecieron en Bath el 10 de septiembre de 1816.

Mary Shelley vivía en el número 5 de Abbey Churchyard; a menudo se encontraba sola, aunque Claire vivía cerca. Durante los casi seis meses que estuvieron allí, compuso la mayor parte de la novela. Fueron unos meses tumultuosos, en los que se acumularon toda serie de noticias –y

La Casa de Frankenstein, en Bath.

Izquierda: vista de la abadía de Bath a mediados del siglo XIX. El edificio de la derecha es donde se alojaban los Shelley. Derecha: la plaza de la abadía, en la actualidad; a la derecha, la entrada a las termas romanas, construidas a finales del siglo XIX.

muchas, trágicas– para los Shelley, quienes, precisamente, ya pudieron llamarse oficialmente así desde diciembre de ese año, cuando se casaron en Londres. Efectivamente, Fanny Imlay, la hermana de Mary por parte de madre, se suicidó ese mismo octubre. En diciembre, Harriet, la esposa de Percy, siguió ese mismo camino (un paso atrás que la pareja aprovechó para casarse de inmediato). No faltan en Bath visitas guiadas en las que una actriz-guía, ataviada con la vestimenta de una dama de primeros del siglo XIX, conduce a los turistas por los sitios donde Mary paseó sus desdichas. Los llevará también a la Sala de Conferencias Kingston, donde la escritora —se asegura— asistió a las charlas científicas del doctor Wilkinson, en las que afirmaba que la electricidad podría usarse algún día para dar vida a la materia inanimada. ¿Nos suena de algo? No era una idea nueva para Mary, quien ya había departido sobre ello en las noches húmedas de la Villa Diodati.

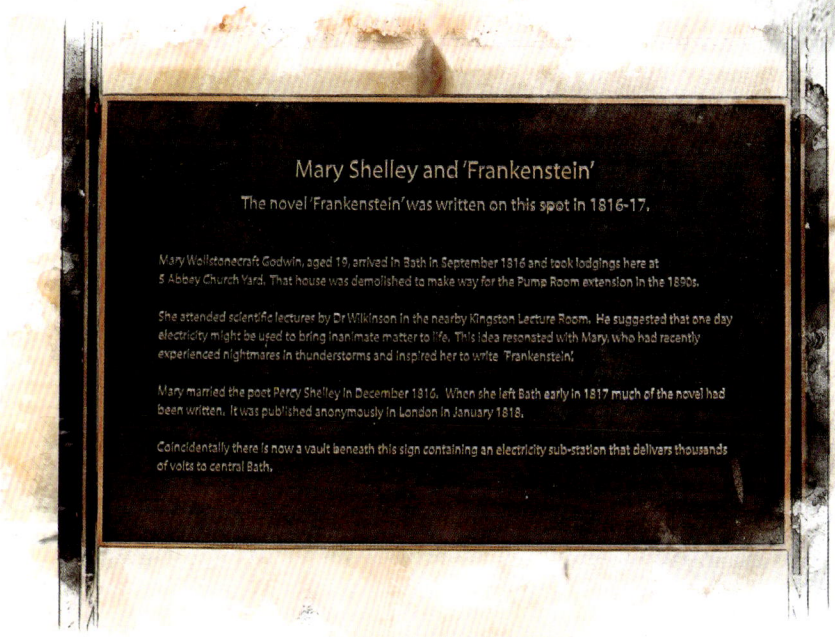

Mary Shelley and 'Frankenstein'

The novel 'Frankenstein' was written on this spot in 1816-17.

Mary Wollstonecraft Godwin, aged 19, arrived in Bath in September 1816 and took lodgings here at 5 Abbey Church Yard. That house was demolished to make way for the Pump Room extension in the 1890s.

She attended scientific lectures by Dr Wilkinson in the nearby Kingston Lecture Room. He suggested that one day electricity might be used to bring inanimate matter to life. This idea resonated with Mary, who had recently experienced nightmares in thunderstorms and inspired her to write 'Frankenstein'.

Mary married the poet Percy Shelley in December 1816. When she left Bath early in 1817 much of the novel had been written. It was published anonymously in London in January 1818.

Coincidentally there is now a vault beneath this sign containing an electricity sub-station that delivers thousands of volts to central Bath.

Arriba: placa en la plaza de la abadía de Bath, que recuerda dónde vivieron los Shelley entre 1816 y 1817.
Izquierda: termas romanas de Bath, con la abadía al fondo.

Hasta 2018, Bath no había dedicado una plaza a su célebre vecina, pero el 27 de febrero de ese año se descubrió una sobre la fachada de lo que en su momento fue el muro de su casa. Que, irónicamente, fue destruida en 1890 para ampliar la Sala de Bombas contigua (ya que las termas romanas estaban ahí al lado). Así que hoy, en el sótano de la antigua casa de los Shelley, se encuentra una pequeña central eléctrica que suministra miles de voltios al centro de Bath. No muy lejos de allí se encuentra la Casa de Frankenstein, un museo en el que se ofrecen una serie de *escape-rooms* con la ambientación propia de la novela. Sin duda, Bath, ciudad a la que no le faltan atractivos –las mentadas termas romanas, la abadía, los jardines Parade…– ha encontrado una prometedora veta de ingresos con el turismo *frankensteiniano*.

Sin embargo, es necesario reseñar que, en marzo de 1817, Mary, Percy y Claire (junto con Alba, la hija de Claire y Byron, y el pequeño William) se mudaron a Albion House en Marlow, a unos 50 km al oeste de Londres, donde dio forma final al manuscrito de la novela, puesto que durante el verano de 1817 se entregó a los editores.

El auténtico castillo de Frankenstein

Otro punto caliente relacionado con la novela es el epónimo del apellido de Víctor, que da título al libro. Hay un castillo de Frankenstein, no muy lejos del curso del Rin, por donde transitaron Mary y compañía en aquel mágico verano de 1814, cuando volvían, sin un céntimo, a Inglaterra. Se encuentra a unos 5 km al sur de Darmstadt, localidad del suroeste de Alemania. ¿Fue ese castillo el que inspiró el apellido del científico y, pasado el tiempo, del monstruo? No parece muy claro, pero ya sabemos que la realidad —esa señorona aburrida— no es nadie para arruinar una buena historia. De hecho, en varios libros y folletos podemos leer: *Castillo de Frankenstein: el auténtico hogar del monstruo*. Un lema muy eficiente, dispuesto a competir con los de Villa Diodati, Ginebra o Bath. Empezó siendo repudiada la criatura, pero ahora se la disputan con furor, y no sería de extrañar que le saltasen las costuras y acabase despedazada.

Castillo de Frankenstein, en las cercanías de Darmstadt.

En primer lugar, miremos a la novela. Allí nunca se cita un castillo; sabemos que el monstruo se creó en un altillo algo apartado de la casa donde vivía Frankenstein.

> *Había instalado mi taller de repugnante creación en un cuarto solitario, o mejor dicho, en un desván, en la parte más alta de la casa, separada de las restantes habitaciones por una galería y unas escaleras.*

Los más atrevidos dicen que Mary Shelley eligió el nombre de Frankenstein cuando su barco pasó por Mannheim, el 2 de septiembre de 1814 (como establece su diario conjunto con Percy) o el día 3, cuando arribaron a Maguncia. En ese trayecto se encuentra el punto más cercano al castillo de Frankenstein, desde el cual apenas se atisba la construcción. Es prácticamente imposible verlo de día, y menos de noche (pasaron por allí cerca de las 23 h). Además, las cúpulas de las torres se construyeron hacia 1850: el castillo era más bajo incluso que hoy. También hubiera resultado imposible una visita a pie (o incluso a caballo), porque el lugar quedaba a unos 23 km de Gernsheim, la localidad más cercana en la que se detuvo su barca, durante apenas tres horas. Por si fuera poco, en el diario de la pareja no se hace referencia a excursión alguna esos días.

Sin embargo, un mito afirma que ninguno de los tres viajeros apuntó nada en sus diarios para mantener en secreto cualquier referencia a la novela… ¡De la que nada sabían aún! La realidad es tozuda, dicen, pero la imaginación puede serlo… ¡aún más!

Otra vía por la que Mary Shelley pudo llegar a saber de este castillo es la que apunta a una relación de Mary Jean Clairmont, la madrastra de Mary, con los célebres Hermanos Grimm, autores de centenares de cuentos infantiles, propios o recopilados. Algún historiador de Darmstadt afirma que la editorial que Clairmont poseía con William Godwin fue la traductora de sus libros. Según esta vía, Jakob Grimm le habría relatado por carta, en alguna ocasión, historias de terror vinculadas al castillo, en especial las asociadas a los horribles experimentos que allí ha-

¿UN MODELO PARA VÍCTOR FRANKENSTEIN?

Otro punto que avalaría la teoría de quienes desean ver en el castillo de Frankenstein de Darmstadt el hogar del monstruo es que allí nació, en 1673, Johann Conrad Dippel, un afamado médico y alquimista de la época. Es más: resulta habitual leer que Dippel es el modelo en el que Mary Shelley se basó para crear a Víctor Frankenstein. Que Dippel vio la luz en este castillo resulta de todo cierto y contrastado. No queda tan claro que ejecutase los cruentos experimentos con cadáveres dentro del castillo que los más alarmistas le

Johann Conrad Dippel, en un grabado del siglo XVIII.

achacan, en los que intentaba transferir el alma de un cadáver a otro; más bien parece una leyenda creada *ad hoc*. Tampoco resulta creíble –aunque fuera posible en aquellos tiempos– que intentase comprar el castillo –ya de anciano– dando a cambio la propiedad de una fórmula de la piedra filosofal (intercambio que, en cualquier caso, no llegó a suceder).

Sí es cierto que inventó el aceite de Dippel o aceite de hueso, un destilado maloliente de huesos, de color marrón oscuro, viscoso, parecido al alquitrán líquido, que se hizo famoso como *elixir vitae*, una medicina universal. Se empleó como repelente de animales e insectos (aunque, con ese olor, probablemente también funcionaba con las personas), o como tratamiento para el tifus y la epilepsia, o como ungüento multiusos. Sin embargo, un ilustrado como Denis Diderot ya puso en duda su eficacia. Tuvo un uso limitado como agente químico atacante durante la campaña del desierto de la Segunda Guerra Mundial, puesto que contaminaba –sin hacerla letal– el agua de los pozos y así impedía al enemigo su uso. Este aceite, de manera casual, también resultó imprescindible para la creación del pigmento azul de Prusia en 1704 por parte de Heinrich Diesbach, compañero de Dippel.

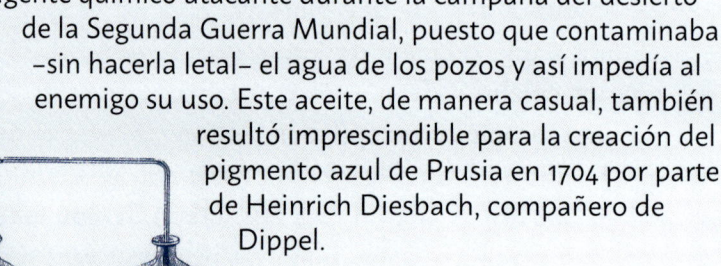

bría llevado a cabo el doctor Dippel (ver recuadro en la página anterior). Sin embargo, los expertos en la obra de los Hermanos Grimm ponen en cuestión que Clairmont tradujese esas obras, nada lo prueba. Y el «historiador local» ha sido cazado en varias inexactitudes, todas apuntando a favorecer los vínculos entre Darmstadt y *Frankenstein*. Si miramos su página web, cobra por sus visitas guiadas al castillo, de entrada libre. Tampoco hay que rasgarse las vestiduras: así se han creado infinidad de leyendas, que nos siguen encantando creer en pleno siglo XXI.

En cualquier caso, el *burg* de Frankenstein es modesto, nada que ver con otros mejor conservados por la zona. Se puede explorar, subir a la torre y a la muralla e imaginar cómo habrá sido en otros tiempos. Se utiliza como sede para algunos eventos, como un festival de Halloween durante la primera semana de noviembre, que sigue concitando muchas visitas. Lo crearon los soldados estadounidenses de la base militar aledaña en Darmstadt, que estuvo abierta hasta 2008. Ellos mismos crearon, a su vez, una carrera popular a pie hasta el castillo. Darmstadt, en efecto, sería mucho más aburrida sin *Frankenstein*.

Todo apunta a que Mary Shelley no se fijó en absoluto en el castillo y ni siquiera sabía de su existencia. Entonces, ¿cuál es la opción más plausible para que Mary diese ese apellido a su protagonista? En primer lugar, la enciclopedia de palacios y castillos alemanes cita otros cinco castillos Frankenstein, situados en Silesia, Palatinado, Turingia y Carintia (Austria), así que habría competencia llegado el caso. Pero resulta más plausible pensar que el apellido 'Frankenstein' no es raro en Alemania. Mary pudo haberlo escuchado en cualquier momento, durante sus viajes o no, y no asociado a castillo alguno; posiblemente, le sonase extraño o gótico, sin más.

Parece que la aburrida señorona se impone en esta ocasión. Ofrezcámosle este sacrificio, que ya nos tomaremos cumplida venganza en el siguiente capítulo.

Un monstruo teatral y cinematográfico

Cómo la idea de Mary Shelley caló en otros medios

Frankenstein resultó una novela de gran calado, que fue ganando poso según pasaban las décadas. Y es justo reconocer que fueron el teatro y el cine —por orden cronológico— los que otorgaron un reconocimiento cada vez mayor a la obra. Fue en Hollywood, tras el éxito del *Drácula* de Universal, donde se creó el estereotipo del monstruo que hoy predomina. Las películas de la década de 1930, dirigidas por James Whale, se convirtieron —pese a diferir, con mucho, del original— en nuevas obras de arte sin fecha de caducidad.

HUBO UN TIEMPO en el que *Frankenstein* fue, *tan solo*, una novela; pero eso duró poco. Si la pequeña editorial londinense Lackington, Hughes, Harding, Mavor & Jones publicó el libro el primer día de 1818 (se entiende que por entonces no había concierto en Viena, ni saltos de esquí, ni televisores, y había que pasar la mañana de alguna manera), en 1823 ya se presentó la primera adaptación teatral. Sin llegar a ser un rotundo éxito de ventas, la novela de Shelley había tocado varias fibras sensibles y dado muestras de su potencial. En la rampante Inglaterra de la Revolución Industrial cada vez más personas podían permitirse, en tiempo y en dinero, acudir al teatro, por entonces el mayor entretenimiento de masas. Solo hacía falta que alguien se animase a llevar a la criatura a las tablas.

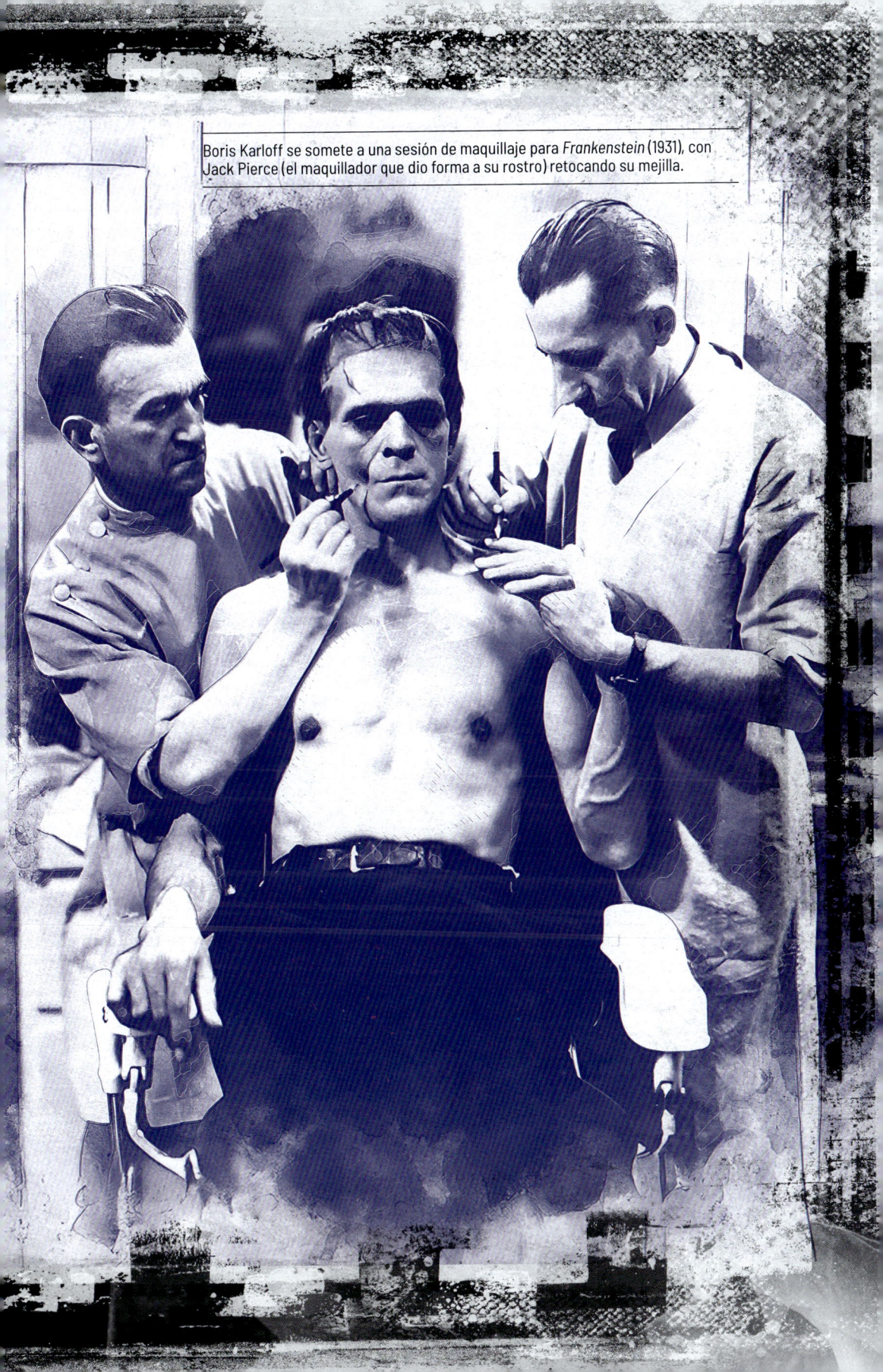

Boris Karloff se somete a una sesión de maquillaje para *Frankenstein* (1931), con Jack Pierce (el maquillador que dio forma a su rostro) retocando su mejilla.

Richard Brinsley Peake (1792-1847) era un joven pero ya experimentado autor teatral. Su padre había trabajado, durante 40 años, en la tesorería del Royal Theatre, en Drury Lane, Londres y de hecho bautizó a su hijo en honor al dramaturgo Richard Brinsley Sheridan, amigo suyo. El joven Richard había aprendido teatro desde que nació, así que no dudó en escribir una adaptación de *Frankenstein* en cuanto vio la oportunidad. Además, era gratis. Las leyes de esa década permitían llevar a los escenarios la trama de un libro sin pagar ni un penique, para disgusto de la reciente viuda Shelley.

Es fácil imaginar qué vio Peake en la novela. El choque entre los avances científicos-tecnológicos y la apuesta de los artistas románticos por la sublimación del individuo y un cierto aire de misterio prometía un potente fondo dramático. El progreso había facilitado la creación de una numerosa clase trabajadora, pero los artistas románticos se oponían al orden social impersonal que parecía ser la consecuencia inevitable de lo primero. Todo eso era cierto, pero es que, además… había un monstruo, con todo el potencial comercial que conlleva. Con una criatura en tus filas todo resulta más fácil, al menos en el mundo del espectáculo. El mérito de Peake estaba en que por entonces nadie sabía qué aspecto tenía esa criatura. Él fue el primero —el segundo, si contamos a Víctor Frankenstein— en darle forma.

El Lyceum Theatre de Londres, el teatro donde se representaron tanto *Drácula* como *Frankenstein*.

FRANKENSTEIN-DRÁCULA, CAMINOS CRUZADOS

Richard Brinsley Peake había estrenado sus primeras obras en la English Opera House, que recibió ese nombre entre 1816 y 1830, cuando un incendio la destruyó. Antes había tenido otros usos, entre los cuales encontramos la primera exhibición de figuras de cera a cargo de Madame Tussauds, quien daría pie a la creación del primer museo de cera de la historia.

Quizá nos suene más el nombre con el que se reabrió el teatro en 1834: Lyceum Theatre. Si alguno de nuestros lectores ya se ha topado con *Drácula. Anatomía del terror* (compañero de colección de este, y de la misma editorial y autor) sabrá que ese fue el teatro donde trabajaba Bram Stoker –mano derecha del célebre actor *sir* Henry Irving– cuando escribió *Drácula*. De hecho, allí pasó 27 años. Aunque Irving nunca interpretó al conde Drácula, la obra teatral sí que se produjo en el Lyceum. Esta constituye tan solo una de las múltiples carreras de relevos que se dan entre *Frankenstein* y *Drácula*, de las que daremos cuenta en este capítulo.

Tenemos otra. Antes de comenzar la producción de *Frankenstein*, Peake y el director de la English Opera House, Samuel James Arnold, quedaron impresionados por el éxito de *El vampiro,* de James Robinson Planche, en 1820, espectáculo que era una adaptación de la obra teatral *El vampiro* o *La novia de las islas*, del francés Charles Nodier, que a su vez se basaba en *El vampiro* de John Polidori, el compañero de juegos literarios en Villa Diodati de los Shelley y Byron. Bien, aquella obra cautivó al público no solo con sus motivos macabros, sino también con varias novedades en efectos especiales y puesta en escena. Peake y Arnold vieron el potencial de la dupla novela gótica + monstruo y decidieron entonces realizar la primera adaptación teatral de *Frankenstein*.

Cambios para el teatro

En aquella época, aún seguían vigentes los permisos que el rey Carlos II (1630-1685) había otorgado dos siglos antes, que daban una posición de preeminencia a los Teatros Reales (el Royal Theatre de Drury Lane y la Royal Opera House de Covent Garden). El resto, incluso en 1823, solo podían representar melodramas, *burlesque*, pantomimas, teatro de marionetas y espectáculos musicales: digamos que un teatro más para las masas, menos *refinado*. Es decir, la obra –cuyo título final iba a ser *Presunción o el destino de Frankenstein*– debía incluir música, entre otras características, para que pudiera representarse legalmente.

Así que esta adaptación alteró el texto de Mary Shelley para presentar varias aventuras amorosas. Elizabeth, la hermana adoptiva y esposa de Víctor Frankenstein en la novela, está comprometida en la obra con Henry Clerval, amigo de Frankenstein. A su vez, Frankenstein está comprometido con Agatha DeLacey, cuyo hermano Félix está enamorado de Safie, una joven árabe. Todo muy folletinesco, con tal de que cada una de estas parejas tuviera sus canciones de amor, además de aliviar el triste final de la novela. Por otro lado, cuando el terror se apropiaba de una escena, pronto aparecía una pincelada de humor negro o de auto-parodia. La pantomima la ponía la propia criatura, ya que su papel, aun protagonista, era mudo.

Tenemos *pruebas* de cómo era aquella primera criatura. Tenía una larga cabellera negra y su piel era de azul claro, quizás para lograr un efecto más impactante que el que habría producido la ictericia descrita en la novela. Su atuendo consistía en una túnica de algodón y una toga más

Grabado que muestra al actor Thomas Potter Cooke como el monstruo en la producción teatral de 1823.

grande que se quitaba durante la representación: un toque muy grecola-tino, entre un cíclope y Julio César. La escasa vestimenta facilitaba los movimientos en el escenario y servía para que el actor elegido presumiese de físico. Y lo hizo. Thomas Potter Cooke, un antiguo marinero de gran porte, impresionó al público –y escandalizó a los más puritanos– con sus viriles movimientos. Curiosamente (o no, ya sabemos de las *carreras de relevos* con el vampiro), Cooke ya había interpretado al aristocrático chupasangres Lord Ruthven de Polidori unos años antes.

Un éxito que rozó a Mary

Presunción se estrenó el lunes 28 de julio de 1823. La crítica, en general, recibió la obra como mirando por encima del hombro. Podía resultar entretenida, pero *facilona* en sus sustos y, claro, con un toque inmoral (algo muy similar a lo que le sucedió a *Drácula* décadas después). A principios de agosto, incluso, una pancarta circuló por todo Londres, atacando la obra por su «tendencia decididamente inmoral» y advirtiendo contra sus «doctrinas peligrosas». Tras ello estaba un grupo de autodenominados «fervientes amigos de la moral». Como intuíamos, no es algo exclusivo de nuestros tiempos.

La obra se representó 37 veces en la English Opera House durante una temporada de verano que duró tres meses. Luego fue a Nueva York, París, con gran éxito, y volvió a Londres. Allí se representó, ya en el Lyceum Thatre, de manera ocasional hasta al

Arriba: portada del libreto de *Presunción*.
Derecha: programa de mano de 1823 que anuncia la noche de clausura de *Presunción*.

menos 1850. El éxito de la representación generó varias imitaciones, en tono de parodia, ese mismo 1823. Los ingeniosos juegos de palabras y las deformaciones recuerdan al célebre Fronkonstin de *El jovencito Frankenstein* (Mel Brooks, 1974):

- *Frank-in-Steam, o La moderna promesa de pago*, representada en el Teatro Adelphi.

- *Frankenstitch (el Prometeo de la aguja)*, en el Teatro Surrey.

- Y otra cuya nombre no nos ha llegado, pero que protagonizaba… un enano.

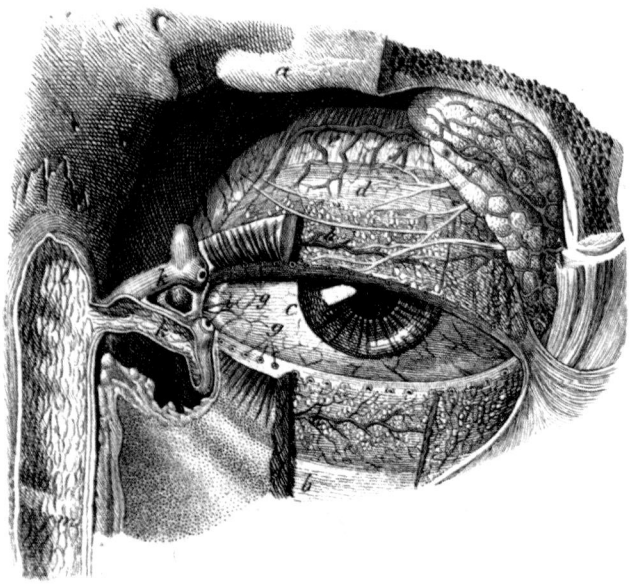

La adaptación de Peake tuvo dos innovaciones ajenas al original de Mary Shelley que, con el paso del tiempo, se han añadido al mito de Frankenstein.

- Una es la aparición del personaje de Fritz, el ayudante jorobado de Víctor, quien a la postre se convertirá en el célebre Igor. En su origen, Fritz es un antiguo campesino amante de las vacas que Víctor toma como sirviente, y que sirve de contrapeso cómico (en cierto modo, una necesidad legal, como indicábamos antes).

- Otra es en la escena en que la criatura cobra vida, cuando el científico grita *It lives!* («¡Vive!»). Una frase que se hizo mítica más tarde, a raíz de la adaptación cinematográfica de 1931, cuando Henry Frankenstein grita repetidamente *It's alive!* («¡Está vivo!»), hoy carne de memes de todo tipo.

La popularidad de *Presunción* marcó un paso significativo en la creciente tendencia hacia los melodramas espectaculares y aterradores en los escenarios londinenses. Su eco llegó, cómo no, hasta la propia Mary, quien en ningún momento fue consultada en la producción de la obra; y menos, claro, retribuida. Pero sabemos que acudió a la representación del 29 de agosto de 1823, junto con su padre, puesto que lo dejó reseñado en una carta a Leigh Hunt, gran amigo de su difunto esposo Percy. Y, aunque afirma que «la historia no está bien llevada», seguramente por su sorpresa respecto a las licencias que se tomó, admite que «me divertí mucho»; y respecto a Cooke, el actor que da vida a la criatura «todo lo que hace está bien imaginado y ejecutado» y que le encantó el recurso de, en la lista de personajes, designar al nuevo ser como '———'. «Esa forma de nombrar lo innombrable me parece bastante buena», apuntaba.

Y, aunque Mary no recibió compensación por las sucesivas adaptaciones de su novela, su padre sí que aprovechó toda la publicidad generada por el teatro para que se lanzase una nueva edición de *Frankenstein* (la segunda, esta vez en dos volúmenes) con correcciones suyas.

Una escena de *Frankenstein* (1931).

LOS PRIMEROS ESTUDIOS DE CINE

Edison Studios era la sección encargada de la producción audiovisual de la Edison Company, la empresa que Thomas Alva Edison creó para amparar sus múltiples inventos, comercios e intereses. Se fundó en 1894 para crear pequeñas películas con el primitivo –pero, por entonces, vanguardista– kinetoscopio, un instrumento que registraba imágenes en movimiento, pero que solo permitía la visión individual, no había proyección.

En 1892, Edison ya había mandado construir la Black Maria, el primer estudio de producción cinematográfica de la historia, en West Orange, Nueva Jersey. Se concluyó meses después, ya en 1893; para aprovechar al máximo la luz solar, el estudio, revestido con papel alquitranado, se equipó con un techo abatible con bisagras, y toda la estructura podía girar sobre una pista. Allí se grabó la *Escena del herrero* (*Blacksmith Scene*, 1893), la primera película de kinetoscopio, exhibida públicamente el 9 de mayo de 1893, y es el primer ejemplo conocido de actores interpretando un papel en una película, ya que ni eran herreros ni estaban en una herrería.

En 1896, Edison creó un kinetoscopio proyector para competir con el cinematógrafo. En 1908, Edison se asoció con otras empresas y formaron la Motion Picture Patents Company, un gran trust que tuvo problemas con las leyes antimonopolio. La MPPC se oponía a la dirección que estaba tomando el cine, defendía el cortometraje y atacaba el naciente *Star-system*. Los independientes, en cambio, apostaban por un cine basado en las estrellas (como era el caso de Carl Laemmle - Universal Pictures) y el largometraje. Para escapar del dominio de Edison y sus asociados, en la costa Este, muchos independientes se mudaron a Los Ángeles, en lo que resultó la fundación de Hollywood. La MPPC fue disuelta por la ley en 1917.

El estudio Black Maria, durante su construcción.

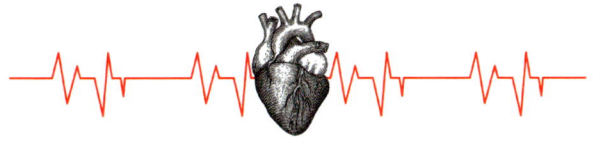

YA EN LOS ALBORES DEL CINE, LOS MONSTRUOS EMPEZARON A DAR JUEGO. FRANKENSTEIN Y DRÁCULA COMENZARON UNA CARRERA DE RELEVOS, QUE AÚN CONTINÚA.

Nace el cine

Ahora debemos dar un salto hasta finales del siglo XIX, incluso a principios del siglo XX. Es el momento en que las sinergias entre *Frankenstein* y *Drácula* se vuelven a producir. De momento, sabemos que en la Nochebuena de 1887, en el Gaiety Theatre de Londres, se estrenó una nueva versión *burlesque*, titulada *Frankenstein, o la víctima del vampiro*, en la cual se mezclaban un gólem que secuestra a Frankenstein, que luego es capturado por unos bandidos españoles de los que acaba convirtiéndose en su líder y se enfrenta a un vizconde

Libreto de *Frankenstein, o la víctima del vampiro*.

vampiro llamado Visconti, para acabar en el Ártico con una escena de marineros y osos bailando. Tal pastiche –nos lo esperábamos– fue un fiasco que apenas duró una semana. Además, según las crónicas, el monstruo mostraba un lado femenino. Demasiado para el público victoriano, que consideró la obra demasiado feminista.

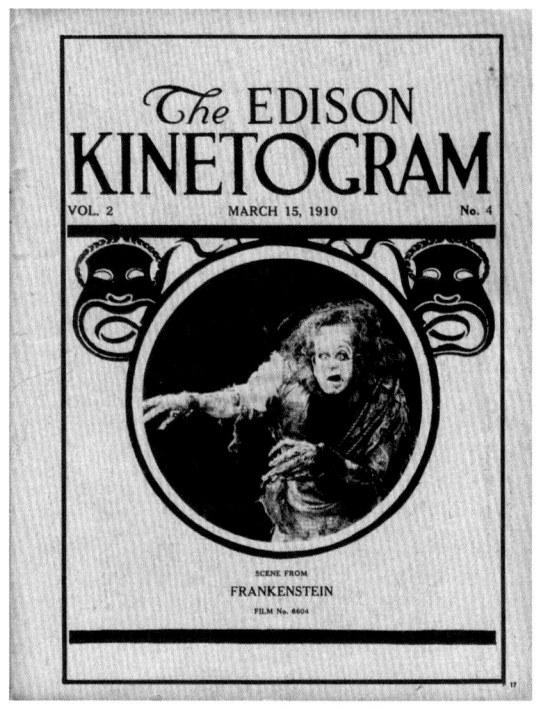

Arriba: Enlace a la película de *Frankenstein* de 1910 (libre de derechos ya). Izquierda, versión original. Derecha: portada de un catálogo de películas *The Edison Kinetogram* de 1910, con la primera adaptación cinematográfica de *Frankenstein*.

Pero, atención, que con el salto de siglo, una nueva forma de comunicación social se empieza a imponer. Primero en las barracas, como atracción de feria y, poco a poco, se hace más respetable a medida que la burguesía comienza a frecuentarlo y exige productos de calidad y literarios. Nos referimos, claro, al cine. Nos suenan los hermanos Lumière, Georges Méliès y, al otro lado del Atlántico, Thomas Alva Edison. Y este, con su característico olfato comercial, será el primero que produzca una versión cinematográfica.

Frankenstein (J. Searle Dawley, 1910) es un cortometraje de 12 minutos, que podemos disfrutar en su integridad en internet, al estar ya libre de derechos de autor. Se considera la primera película de terror de la historia y, en verdad, en su momento tuvo que resultar espeluznante por sus efectos especiales en la creación del monstruo. La quema de una figura humana de papel maché moldeada alrededor de un armazón esquelético se filmó por separado, dando marcha atrás con la manivela en la cámara, y luego ese metraje se empalmó en el negativo maestro.

El efecto invertido de la acción en el metraje teñido de rojo produjo una escena de «creación» en la que el monstruo, con sus brazos agitándose con alambres invisibles, parece formarse lentamente y luego surgir de dentro de un caldero de productos químicos ardientes.

También resultaba horripilante, en aquel inocente 1910, por las apariciones del monstruo, un ser deforme pero muy distinto del que luego el cine nos ha acostumbrado; sin embargo, es probable que Mary Shelley estuviera más de acuerdo con esta primera criatura, interpretada por Charles Stanton Ogle, que la arquetípica del Séptimo Arte.

Un cortometraje digno de ver

La versión de 1910 goza de un encanto innegable, aun en nuestro tiempo. Evidentemente, es una muy libre puesto que en 12 minutos hay que abreviar y, para ello, inventar. El final, con un punto metafórico que emparenta a creador y criatura, nos demuestra que no hay que mirar con paternalismo aquellas primeras muestras de cine, tan solo con perspectiva: ya entonces se hacían películas creativas, arriesgadas y reflexivas.

It's alive!

It's alive!

It's alive!

Una escena de *Life Without Soul* (1915), con el monstruo a la derecha.

La siguiente resultó aún más libre. *Life Without Soul* (Joseph W. Smiley, 1915) adapta la novela, pero no toma en ningún momento el apellido Frankenstein, y el protagonista es Víctor Frawley, un audaz estudiante de medicina obsesionado con la idea de crear vida donde no la hay. Esta es una película perdida, de la que solo sabemos por fotografías y recortes de prensa. La productora, Ocean Film Corporation, quebró ese mismo año, vendió todo su material a otra y el tiempo nos la arrebató. A diferencia de la de 1910, en esta ocasión ya se puede considerar un largometraje, puesto que dura 70 minutos. Aquí se puso el énfasis en la creación de un ser sin alma, que es lo que permite a los seres humanos distinguir el bien del mal. Al carecer de ella, la criatura se dedicará a sembrar la destrucción...sin ser consciente de su maldad. Mata a la hermana de Frawley en su noche de bodas (fusionando ideas de la novela de Shelley) y este lo persigue por toda Europa y finalmente lo mata de un disparo. Frawley muere de agotamiento.

Cartel publicitario de la obra *Drácula* en la Mason Opera House, Los Ángeles, California.

Acercándonos a *Frankenstein*

Según nos vamos acercando al Frankenstein más conocido hay que volver a hablar de Drácula. Si aquel llegó ocho décadas antes, en formato novela, en cine y en teatro la criatura de Shelley es deudora de los éxitos del villano de Stoker, al menos en los éxitos del gran público. Para conocer la historia teatral y cinematográfica de Drácula siempre podemos asomarnos a nuestro libro hermano *Drácula. Anatomía del horror*; y, por supuesto, repasar los libros canónicos de David J. Skal (1952-2024), historiador estadounidense que con libros como *Hollywood gótico* (1990) o *Monster Show* (1993) arrojó luz sobre cómo estos monstruos se convirtieron en las primeras espadas del terror de la cultura de masas.

Sabemos que Drácula tuvo una gran adaptación por parte del expresionismo alemán mediante *Nosferatu: Una sinfonía del horror* (1922), en la que el director F. W. Murnau imprimió todo su talento. A la película solo se le podía poner una pega: era una «edición pirata»; es decir, se rodó sin dar parte —y menos aún, dinero— a la viuda de Stoker, Florence Balcombe, quien demandó a la productora, que quebró y logró que la justicia ordenase confiscar y destruir el filme. Sin embargo —para escarnio de la indignada Florence y para alivio de los espectadores del futuro— muchas copias se escabulleron. El escándalo ofreció tanta exposición al monstruo que pronto apareció una adaptación teatral en Gran Bretaña, a cargo del dramaturgo y actor Hamilton Deane (quien sí le pagó derechos, quizá porque fue vecino de Florence en Dublín, y ya sabemos que siempre conviene tener a quién pedirle la sal), en 1924.

No le fue nada mal a Deane, quien concitó a miles y miles de espectadores en su país, tanto en Londres como en provincias. Fue suya la idea de contratar a una enfermera para que asistiese a los espectadores (en su mayoría, también pagados por él) que se *desmayaban* por el miedo y los sustos de la obra. La crítica no fue tan benévola, la consideraba ramplona, simple: como vemos, los divorcios entre público y crítica vienen de antiguo. La adaptación teatral cruzó el Atlántico, donde obtuvo similares éxitos y con un tal Béla Lugosi dando vida al no muerto conde Drácula.

Con el paso de los años, en Gran Bretaña, el mismo Deane observó que a su Drácula, aunque aún exitoso, le iba faltando fuelle, y que podría

Una escena de la adaptación teatral de *Drácula,* con Béla Lugosi en el centro y Edward Van Sloan, como profesor Van Helsing, a la izquierda.

 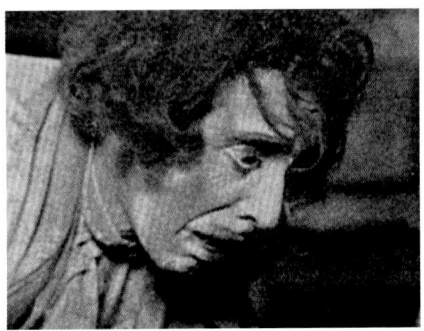

Dos instantáneas de Harold Deane durante la interpretación de su versión de *Frankenstein*.

venirle bien a su compañía itinerante otro compañero de viaje igual de monstruoso. Y le pidió a la escritora Peggy Webling una adaptación de, ¿por qué no?, *Frankenstein*. Era una novela ya famosa, de una escritora británica y fallecida –importante– en 1851, un monstruo «de la cantera», producto nacional, a mano y barato. Webling aceptó el encargo y, en diciembre de 1927, Drácula y Frankenstein unieron, oficialmente, sus caminos por primera vez. En términos futbolísticos, una delantera tan temible como memorable, con una capacidad espectacular para sumar goles: es decir, espectadores. Fue esta guionista, también, la primera que, intencionadamente, otorgó el nombre de 'Frankenstein' al monstruo, llamando entonces 'Henry' a su creador. Daba pie a una costumbre que se mantiene hasta la actualidad, que nos parece natural pero que en origen no lo fue.

Mientras, se siguen entrecruzando los dos villanos. El éxito del *Frankenstein* teatral en Gran Bretaña despierta la atención de quienes produjeron y adaptaron *Drácula* en Norteamérica. Horace Liveright y John L. Balderston (productor y guionista, respectivamente) prepararon una versión para el teatro, más o menos a la par que Universal Studios empezaba la producción del *Drácula* cinematográfico. Quizá fueron las estrecheces del reciente crac de la Bolsa de 1929, y la subsiguiente crisis, pero esa versión teatral no llegó a ejecutarse (más tarde, otras sí; y muchas). Pero el impulso que el teatro había dado a ambos monstruos, junto con el estreno y éxito de *Drácula* (Tod Browning, 1931) en las

A la izquierda, Carl Laemmle Sr. (hacia 1913) y a la derecha, Carl Laemmle Jr. (hacia 1930).

salas de medio mundo, pusieron en bandeja una nueva versión fílmica de Frankenstein. Y, esta vez, con sonido y *star-system* de Hollywood. Aquello prometía.

Los villanos de Universal

Lo de *Drácula* fue un triunfo, sí, pero no algo previsible. Se debió, sobre todo, al empuje de un joven de 21 años (en 1929), Carl Laemmle Jr., quien había recibido de su padre—Carl Laemmle Sr., fundador de los estudios Universal— el título de director de producción de la empresa: es decir, el encargado de decidir qué películas se hacían y cuáles no. Un hombre que, pese a su juventud, se jactaba de tener olfato, de pulsar el espíritu del momento —el *zeitgeist*—, lo que pedían los tiempos. Y aquellos eran unos tiempos revueltos, unos que tras los supuestos *felices años 20*, se habían mutado en la Gran Depresión que empezaba tras el hundimiento de la Bolsa en octubre de 1929. El cine sonoro aún no había explotado la veta de los monstruos y Laemmle Jr. se empeñó en producir *Drácula*, aunque a su padre, el venerable jefe máximo de Universal, aquello le pareciera una historia indigna e inmoral. Pero tuvo que ceder, aunque solo fuera porque era su hijo, o porque si no, la competencia –en este caso, Metro-Goldwyn-Mayer– se iba a hacer con el vampiro.

Cuando, pese a la crisis mundial, *Drácula* se estrenó con éxito, se confirmaron dos viejas sospechas: que los irreverentes hijos suelen tener razón y que si algo funciona y te da dinero, repites.

Así que el joven Laemmle, antes de que pasaran dos meses del estreno de *Drácula* –el 12 de febrero de 1931–, compró los derechos de la obra teatral de Webling/Balderston y se puso manos a la obra para encontrar un director. De primeras, se anunció a un cineasta francés, Robert Florey, quien rodó unas bobinas de prueba en los decorados del castillo del conde Drácula… ¡con Béla Lugosi! Más que nada, porque era el actor más a mano, pero al húngaro no le hacía ninguna gracia un personaje

La escena de *Frankenstein* (1931) en la que el monstruo se encuentra con la niña.

 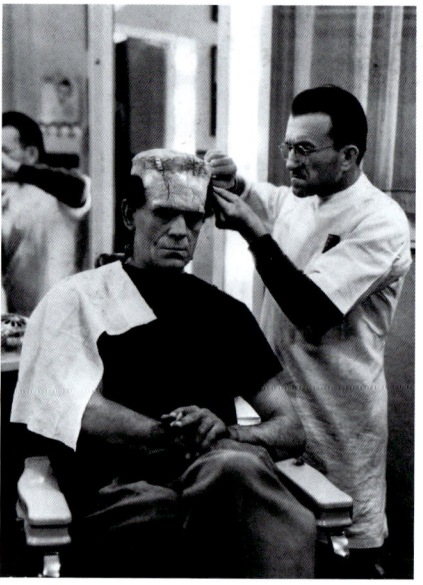

Izquierda: un primer cartel de *Frankenstein,* cuando aún no se sabía el aspecto del monstruo y el actor anunciado era Béla Lugosi. Derecha: Karloff, en una sesión de maquillaje junto a Jack Pierce.

que, prácticamente, no hablaba. Y eso que el magiar casi no sabía inglés y se había aprendido sus diálogos para *Drácula* de manera fonética, pero Lugosi tenía un alto concepto de sí mismo. Y dejó claro que, o se le daba un mayor protagonismo, o no iban a contar con él. Así que se empezaron a buscar otro actor. El elegido fue el inglés Boris Karloff (ver recuadro de la página siguiente).

Tampoco lo del director estaba muy claro, y Laemmle Jr. iba a apostar por otro inglés que iba siendo conocido en Hollywood: James Whale. El cineasta se había abierto camino en una serie de películas bélicas; la última de ellas, *El puente de Waterloo* (1931), de la propia Universal, causó tal efecto en el ejecutivo que decidió darle carta blanca para que eligiese una de las nuevas producciones en cartera. Whale escogió *Frankenstein,* más que nada porque al menos no era otra película de guerra. Y Whale ya había tenido demasiada guerra en su vida (ver el recuadro de las páginas 154-155).

Una tercera pieza fundamental para la creación del nuevo monstruo cinematográfico fue Jack Pierce (nacido Yiannis Pikoulas en Grecia), un

EL *MONSTRUOSO* BORIS KARLOFF

William Henry Pratt (1887-1969) no era un actor muy conocido en el Hollywood de 1931. «Pasé diez años en Hollywood sin que nadie me hiciera mucho caso», declaró en alguna ocasión. Exageraba un poco, puesto que al menos un pequeño lugar bajo el sol sí había conseguido, ya lo quisieran para sí muchos atrevidos que fueron a Hollywood a ganarse la vida. Llevaba 81 películas antes de que James Whale lo reclutase para *Frankenstein*. Mucho antes había decidido cambiarse el nombre –para la farándula, al menos– por el más reconocible de Boris Karloff. Es probable, además, que no quisiera que su apellido quedase asociado con su nuevo oficio. Los Pratt eran unos diplomáticos bien relacionados y Karloff tenía miedo de que considerasen que la farándula «desprestigiaba» a la familia.

Cartel de Karoly Grosz para *La momia* (1932).

Su padre, de hecho, era mitad inglés y mitad indio y su madre también tenía raíces indias; esta era la razón de su tez más oscura y su aspecto ligeramente exótico. Era alto, sí, pero tampoco tanto: 1,80 m. De pequeño, Pratt era patizambo, y además ceceaba y tartamudeaba. Aprendió a controlar su tartamudez, pero no su ceceo, algo que pudo compaginar con el tipo de personajes en que se especializó. Emigró en 1919 a Canadá, para ganarse la vida: como jornalero, como camionero, como fuese. Pero se le cruzó la actuación y decidió cambiarse el nombre: 'Boris', porque sonaba exótico; 'Karloff', porque un leyenda familiar decía que hubo algún Karlov siglos atrás.

En esas estaba –una película hoy, una jornada como camionero mañana–, cuando un buen día, mientras tomaba algo en la cantina de los estudios Universal, alguien le dejó una nota sobre la mesa. Le preguntaban si quería hacer unas pruebas para hacer de monstruo en *Frankenstein*. Dijo que sí. El resto es historia del cine de terror, del cual su apellido llegó a ser sinónimo.

auténtico buscavidas, un paradigma del emigrante hecho a sí mismo, que hizo de todo en el cine mudo hasta que acabó, por insistencia y talento, como maquillador. Ya le habían encargado el maquillaje para *Drácula*, pero en esa ocasión se impuso el criterio de Lugosi, quien prefería replicar su apariencia de la obra teatral. En esta ocasión, Karloff se mostró más maleable y soportó con estoicismo las cuatro horas diarias de maquillaje, durante las cuales le construían la cabeza con algodón, colodión y goma de mascar, y le aplicaban maquillaje verde (que se vería como gris pálido en la película en blanco y negro) en la cara y las manos.

A modo de anécdota, Karloff contó en 1950 en el periódico *New York Herald Tribune* lo que sucedió la primera vez que lo maquillaron de ese modo: «Estaba ensayando mi forma de andar, cuando al doblar una esquina me topé con un atrecista. Fue la primera persona (aparte de Pierce) que vio al monstruo. Estudié su reacción, no se hizo esperar. Se

JAMES WHALE

De joven –y fue un talento que conservó– James Whale (1889-1957) era un as de las imitaciones: cazaba el tono de voz, las maneras de cualquier persona. Quizá por eso estudió Artes en su Dudley (Inglaterra) natal. Pero la Primera Guerra Mundial se cruzó en su camino y se alistó en la Armada británica. Con el estallido de la Primera Guerra Mundial, pasó al ejército británico. Para su desgracia (o no) fue capturado por los alemanes y, durante su tiempo como prisionero de guerra en el Campo de Oficiales de Holzminden –se organizaban funciones para matar el tiempo–, se dio cuenta de su talento para el teatro.

Tras la paz comenzó su carrera teatral como actor, cosechando buenas críticas con papeles secundarios. Después pasó a dirigir obras teatrales. *Journey's End*, sobre la pasada Gran Guerra, tuvo tanto éxito que se la llevaron, con él como director, a Broadway, en Nueva York. Y de allí pasó a Hollywood, donde acabó por adaptar aquella obra al cine, con igual éxito de crítica y público. De éxito en éxito se va haciendo uno hueco en cualquier lugar.

James Whale (de pie), dirigiendo a Boris Karloff en *La novia de Frankenstein* (fotografía coloreada).

Aquellos lo llevaron a firmar un contrato con Universal de cinco años, que empezó por todo lo alto con *Frankenstein* y siguió con otras como *The Old Dark House* (1932), *El hombre invisible* (1933) o *La novia de Frankenstein* (1935). Su estrella decayó tras una última película en Universal que fracasó y la venta del estudio por parte de la familia Laemmle. Poco a poco se fue alejando del cine y volvió al teatro; su mayor refugio, en cualquier caso, lo encontró en la pintura.

Whale fue un homosexual que nunca tuvo que salir del armario: vivía abiertamente como tal. Su relación con el productor David Lewis era bien conocida. Aunque en los últimos años rompieron, ambos siguieron siendo amigos y las cenizas de Lewis fueron enterradas frente a las de Whale. Treinta años antes, este se había suicidado en la piscina de su casa, preso de dolores y problemas mentales. Todo se cuenta, de manera ficcionada, en la excelente película *Dioses y monstruos* (Bill Condon, 1999).

Boris Karloff, en *Frankenstein* (1931).

WHALE DIRIGIÓ LA SECUELA DE *FRANKENSTEIN*, CONSIDERADA POR MUCHOS MEJOR AÚN QUE LA ORIGINAL. *LA NOVIA DE FRANKENSTEIN* MEZCLA HORROR Y HUMOR CON TOQUES GÓTICOS Y BARROCOS.

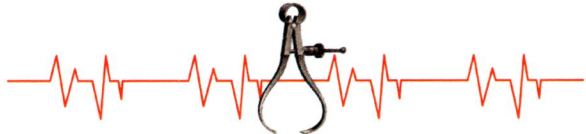

quedó blanco, balbuceó, salió disparado y lo perdí de vista. Jamás lo volví a ver. ¡Pobre, hubiera estado bien darle las gracias! Fue mi primer público, el primero que me hizo sentir como el monstruo».

El icónico Frankenstein

Hubo varias influencias en la creación del nuevo monstruo. Era una época en la que convivían en la vanguardia las estilizadas curvas del Art Déco con la sublimación de la línea recta de la Bauhaus. Parece que se impusieron estas últimas y la concepción tecnológica del ser humano, los precarios robots que se iban creando y publicitando en los medios de comunicación. Por ahí, en cualquier caso, llegaron los ángulos del rostro de Frankenstein (ya la criatura, no Víctor), la cabeza cuadrada y plana por arriba, como una tapa que se hubiera abierto para insertar el cerebro, y cosido con toscos remates. Y, por supuesto, los icónicos pernos en los laterales del cuello (en realidad, electrodos para llevar la electricidad que revive el cadáver), que no queda del todo claro si fueron un apunte del primer director, Florey, o del diseñador y cartelista húngaro Karoly Grosz. También Jack Pierce se los quiso atribuir, aunque en su caso más bien es la autoría física. De todas formas, esos pernos, reducidos a tornillos, han quedado como el principal símbolo que representa y sustituye al monstruo, algo equivalente a los colmillos del conde Drácula, que también popularizó el cine (las películas de la productora Hammer, sobre todo).

En esta página, dos modelos diferentes de carteles de Karoly Grosz para *Frankenstein*.

KAROLY GROSZ, REY DE LOS CARTELES

El coleccionismo de carteles antiguos ha devenido en toda una atracción para inversores en arte. Porque, aunque en su momento fueran considerados un material fungible, hoy ya se sienten eso, arte. Y, en el listado de artistas más valorados, el número uno es Karoly Grosz, el húngaro emigrado a Estados Unidos que se ocupó de casi todos los carteles de las películas de terror de los estudios Universal.

Poco se sabe de su vida, más que nació hacia 1896 y en 1901 emigró a Norteamérica. Empezó a trabajar para Selznick Pictures en la costa Este y poco a poco se fue acercando a Hollywood y a Universal. Cuando realizó el cartel de un gran éxito como *Sin novedad en el frente* (Lewis Milestone, 1930, Óscar a la mejor película y dirección) su carrera se disparó y fue diseñando carteles cada vez más atrevidos y personales. Se encargó de la cartelería y publicidad de *Drácula* (1931), *Frankenstein* (1931), *El doble asesinato en la calle Morgue* (1932), *La momia* (1932), *El hombre invisible* (1933), *Satanás* (1934), *La novia*

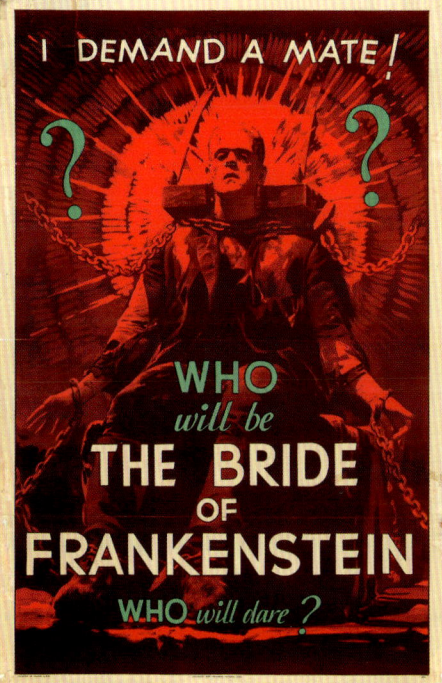

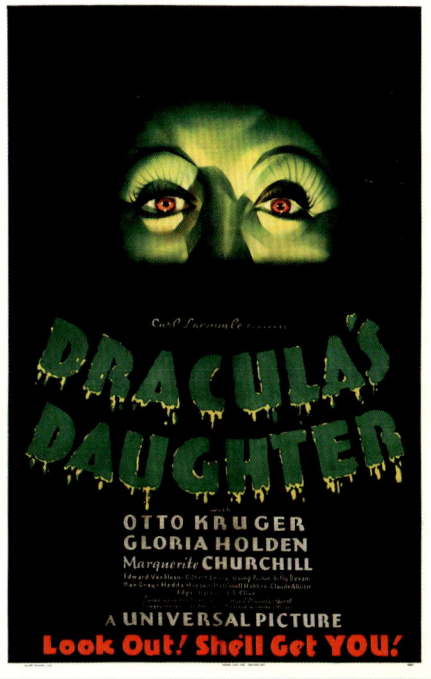

En esta página, carteles de Grosz para *La novia de Frankenstein*, *La hija de Drácula* y, abajo, *El hombre invisible*.

de *Frankenstein* (1935), *El cuervo* (1935), *La hija de Drácula* (1936)... Su estrella comenzó a decaer cuando los carteles empezaron a ser más de estilo fotográfico.

En la actualidad, en las subastas de carteles de cine, los de Grosz ocupan, una y otra vez, el primer lugar. En 2017, se alcanzó un récord de venta de 525 800 dólares con una litografía original de *Drácula*. El guitarrista de Metallica y aficionado al cine de terror, Kirk Hammett, además de prolífico coleccionista de carteles, posee una guitarra personalizada basada en el cartel de *La momia* (abajo). Las obras de Grosz se siguen revalorizando y se exhiben ya en numerosos museos.

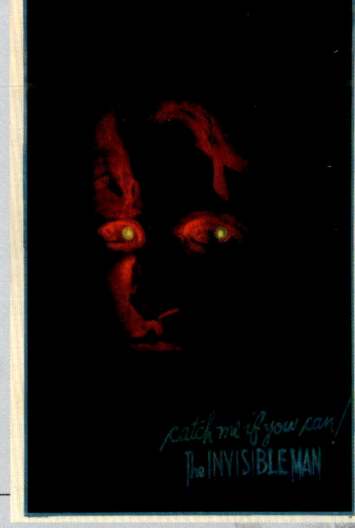

También hubo imaginación con las botas, a las que les añadieron unas alzas de diez centímetros y un peso de cinco kilogramos a cada una, para contribuir a esos andares bamboleantes y titubeantes, que acrecentaban esa sensación de extrañeza y, por tanto, miedo; nada que ver con la criatura de Shelley, enorme pero rápida y ágil. Karloff, que ya llegaba a los rodajes con problemas de espalda, merced a sus años como jornalero, vio acrecentado sus dolores por ello. La chaqueta negra con camiseta y pantalones negros –muy de nuestros tiempos, por cierto– también resultó un acierto, con ese botón mal abrochado, como si el pobre monstruo fuera incapaz de dar una a derechas.

Tablero de mando para los efectos especiales creados por Kenneth Strickfaden para sus efectos eléctricos; utilizados en las películas *Frankenstein* y *La novia de Frankenstein*.

Universal registró enseguida los derechos de autor del diseño de maquillaje para el monstruo de Frankenstein creado por Jack Pierce; aunque en la gran pantalla solo se veían en blanco y negro, el color afloraba en carteles, publicidades y algunas revistas.

La escena en que el monstruo toma vida también forma parte del imaginario popular. En ella, el electricista y escenógrafo Kenneth Strickfaden –autor de los efectos especiales de muchas películas de terror de los años 30 y 40, o fantásticas como *El mago de Oz* (Victor Fleming, 1939)– empleó una bobina de Tesla, construida por el propio inventor, para simular el ambiente electrizante de la noche en que la criatura toma vida, la que llamó Megavolt Senior. La reseña original de *Variety* de 1931 describió así la chispa del ser que da vida a la criatura: «La secuencia de laboratorio que detalla la creación del monstruo remendado con restos humanos es un golpe de efecto teatral sensacional, que tiene lugar en un entorno inquietante durante una violenta tormenta en la montaña en presencia de la novia del científico y otros, todos congelados por un miedo mortal». El laboratorio de Henry Frankenstein contaba con otros instrumentos fabricados por Strickfaden, de nombres igual de sugerentes (el Analizador de Neutrones, el Difusor de Rayos Cósmicos y el Generador de Baritrones), con los que generar efectos especiales que superaban a los de la época.

Sus máquinas de alta tensión y demás aparataje eléctrico se convirtieron en un elemento visual distintivo del cine de terror y fueron reutilizados

Enlaces a la película de *Frankenstein* de 1931 (libre de derechos ya). Izquierda, versión original. Derecha, doblada al español.

en numerosas secuelas y películas del género. De hecho, el director de *El jovencito Frankenstein* (1974), Mel Brooks, consiguió la colaboración de un casi octogenario Strickfaden para su producción. Para alegría de Brooks, Strickfaden aún conservaba gran parte de los curiosos aparatos eléctricos originales en el garaje de su casa, que fueron restaurados y reutilizados para el film.

Terrores y censuras

El *Frankenstein* de James Whale resultó un éxito. Se estrenó en la ciudad de Nueva York en el Mayfair Theatre el 4 de diciembre de 1931 y recaudó 53 000 dólares en una semana. En junio de 1932 Universal informó de que había generado ingresos por alquiler de 1,4 millones de dólares. En un documento de 1953, se estimó que todas las reposiciones de *Frankenstein* habían generado una ganancia cercana a los 12 millones de dólares.

Sin embargo, la película tuvo problemas con la censura, debido a su asunto escabroso, el tono escalofriante y las escenas *duras de ver*. Quizá hoy nos cueste un tanto considerarlo así, porque nuestros ojos ya han visto demasiado terror, buscado o no, real o no; pero, para el público de 1931, resultaba una película muy impactante. Baste reseñar que, en Texas, un atrevido exhibidor publicó un anuncio en un periódico en el que se pedían voluntarias (solo mujeres) que se animasen a ver por primera vez la película a solas, con el cine a oscuras, a cambio de un premio en metálico. Hubo 85 candidatas. La ganadora pasó la prueba y donó su premio a la beneficencia. Si no existieran los tejanos (de Texas) habría que inventarlos.

Henry Frankenstein, en plena vorágine científica.

Anticipando todo esto, los productores de la película idearon un prólogo con Edward van Sloan (el Van Helsing de *Drácula*, y en esta película el doctor Walkman, mentor de Henry) en el que se advertía a los espectadores del terror que iban a presenciar, bajo su responsabilidad. Toda una estrategia publicitaria.

> *El señor Carl Laemmle considera que sería poco cortés presentar esta película sin una advertencia amistosa. Estamos a punto de contar la historia de Frankenstein, un hombre de ciencia que intentó crear un hombre a su imagen y semejanza sin contar con Dios. Es una de las historias más extrañas jamás contadas. Trata de los dos grandes misterios de la creación: la vida y la muerte. Creo que les conmoverá. Puede que les escandalice. Puede que incluso les horrorice. Así que si alguno de ustedes cree que no quiere someter sus nervios a semejante tensión, ahora tiene la oportunidad de... Bueno, iya se lo hemos advertido!*

Los problemas con la censura llegaron en una serie de escenas; pero, más que en su estreno –que también– fue mutilada con ocasión del reestreno en 1937. Por lo general, la más polémica resultó aquella en la que una niña es arrojada por el monstruo –él no sabía lo que hacía, el pobre– y se hunde sin remedio. La escena, vista hoy, resulta algo torpe, como mal montada: falta la vista de la niña ahogándose. Normal, no quedan copias con lo que tuvo que ser el original. Otra escena polémica –desde el punto de vista religioso– es aquella en la que un exaltado Henry Frankenstein grita: «¡Ahora ya sé lo que se siente al ser Dios!». Un poco blasfemo para la época, aquello de igualarse

En la página contigua, Elsa Lanchester, en *La novia de Frankenstein* (fotografía coloreada).

al Creador (cristiano, se supone). De hecho, en la versión doblada al español en vídeo podemos contemplar ese instante, pero sin el doblaje «original», y simplemente vemos el inserto en inglés, puesto que fue cortado en su momento.

El regreso de Frankenstein

Tanto el éxito como la censura tuvieron que ver para que Frankenstein contase con una continuación. El primero, claro, era una condición *sine qua non*, y se dio desde el principio. Y, aunque Universal seguía en unas condiciones económicas muy precarias, la fran(k)quicia estaba del lado de las ganancias. La censura también medraba, y la Motion Picture Producers and Distributors of America (MPPDA) aplicaba con cada vez más desenvoltura el Motion Picture Production Code, más conocido como el Código Hays.

En cualquier caso, el elegido para la nueva película del monstruo iba a ser, otra vez, James Whale, que de apuesta había pasado a ser un valor consagrado gracias a los títulos que había estrenado aquellos años. En un principio, se había negado a retomar la historia, puesto que consideraba que con la anterior «la idea estaba seca». Pero Carl Laemmle Jr. insistió y Whale aceptó con la condición de hacerla muy a su estilo. Cada vez más cómodo, iba impregnando a sus obras algo así como una suave retranca, un humor británico que se colaba por las rendijas del terror. *El retorno de Frankenstein* iba a tener mucho de eso.

Sin embargo, no se iba a llamar así, sino *La novia de Frankenstein*. En la novela de Mary Shelley ya se apuntaba la posibilidad de que Víctor construyera una pareja a su criatura, y los sucesivos guionistas

EL CÓDIGO HAYS

Lo podemos traducir como Código de Producción Cinematográfica pero todos lo conocían como el Código Hays, en honor (¿?) a Will H. Hays, presidente de la MPPDA de 1922 a 1945 y uno de los líderes del Partido Republicano de entonces, quien fue el encargado de desarrollarlo. Esta regulación (instaurada en 1934) imponía una serie de normas morales que inducían a una autocensura por parte de la industria cinematográfica, que prefirió aceptar el código a una regulación directa del Gobierno estadounidense. La retahíla de imposiciones es imposible de enumerar aquí, pero se puede resumir en una: «No se rebajarán los estándares morales de los espectadores». El Código Hays hacía especial hincapié en cuestiones relacionadas con el crimen, el mal, la religión y el sexo, y provocó cambios insólitos en los guiones de muchas películas (un aspecto que da para más de un libro) para adaptarse a esas indicaciones.

En 1967 dejó de aplicarse: había caído en desuso. La realidad le pasó por encima al párvulo código. Por un lado, la llegada de la televisión en los hogares cambió el escenario: al ser un medio doméstico, «privado», no se aplicaba esa normativa, por lo que los ciudadanos empezaron a ver asuntos «inmorales». Por otro, las películas extranjeras –las europeas, sobre todo– no sufrían esa limitación, por lo que cada vez resultaban, por comparación, más atractivas.

En 1931, cuando se produjo *Frankenstein*, el Código Hays aún no estaba en vigor, así que Víctor pudo decir aquello de «¡Ahora sé lo que se siente al ser Dios!». En 1935 ya estaba vigente, por lo que en *La novia de Frankenstein* se eliminó cualquier atisbo de mención a Dios, y en el reestreno de la primera parte se cortó aquella frase «injuriosa».

En la película *Encadenados* (1946), de Alfred Hitchcock, el director eludió la regla de que no se viesen besos de más de tres segundos haciendo que Cary Grant e Ingrid Bergman separasen y volviesen a acercar sus labios una y otra vez, aunque la escena dura dos minutos y medio.

Una publicidad para el reestreno de 1953 (junto a *El hijo de Frankenstein*), con la secuencia en la que aparecen Percy, Mary y Lord Byron (de izquierda a derecha).

contratados para el proyecto tomaron esa vía. En una primera idea, la novia se fabricaba mediante trozos de cadáveres recogidos tras un accidente ferroviario, más una cabeza de giganta de circo que se había suicidado (sí) por estar sexualmente deprimida. Por suerte o por desgracia, no se optó por ella. Otra propuesta colocaba al doctor Frankenstein en la Sociedad de Naciones (el antecedente de la Organización de las Naciones Unidas, imperante en le periodo de entreguerras), intentándoles vender un «rayo de la muerte», un arma de destrucción masiva para meter en vereda a toda nación díscola (¿a la Alemania nazi que se estaba levantando entonces?). Un rayo que, a la hora de la verdad, le insuflaba vida, y luego muerte, al monstruo.

Al final, nada de eso. Whale encontró a un guionista (William Hurlbut) capaz de insuflar las gotas de humor que le pedía el cuerpo (el del propio Whale, decimos) y de guardar la ropa para que la censura no señalase

Enlaces a la película de *La novia de Frankenstein* (libre de derechos ya). Izquierda, versión original. Derecha, doblada al español.

la producción como indecente o blasfema. En realidad, sí lo hizo, pero Whale siempre se ofreció a colaborar, a ofrecer la mejilla... O a hacer parecer que lo hacía. Eliminó, como le pidieron, todas las referencias al doctor Frankenstein como un Dios creador; también retiró iconos religiosos, aunque a la censura se le coló el linchamiento del monstruo resucitado atado a un poste, ante las masas que pedían su cabeza, cual Jesucristo ante los judíos.

De hecho, la película comienza con un curioso prólogo en el que vemos a Mary Shelley, Percy Shelley y Lord Byron en un remedo de la gloriosa noche en Villa Diodati (Polidori no, claro; el pobre Polidori nunca tuvo suerte, ni siquiera para eso: el cruel destino de Polidori es un caso de continuo escarnio). Charlan entre los sonidos de los truenos y el crepitar del fuego, y Mary les advierte de que su intención al escribir la novela era «impartir una lección moral»: el implacable castigo que sufre un mortal que se atreve a emular a Dios, eso tenía que quedar claro. Byron recuerda lo que escribió Mary (en realidad, cómo fue la película anterior, que es otra cosa bien distinta a la novela) y se aprovecha para recuperar escenas del primer *Frankenstein*, para resumirlo en apenas un minuto y poner en antecedentes al espectador. Mary dice que tiene más historias que contar... Y las cuenta. Y entonces da comienzo la nueva acción y sabemos que el monstruo sobrevivió al incendio con el que acabó Frankenstein.

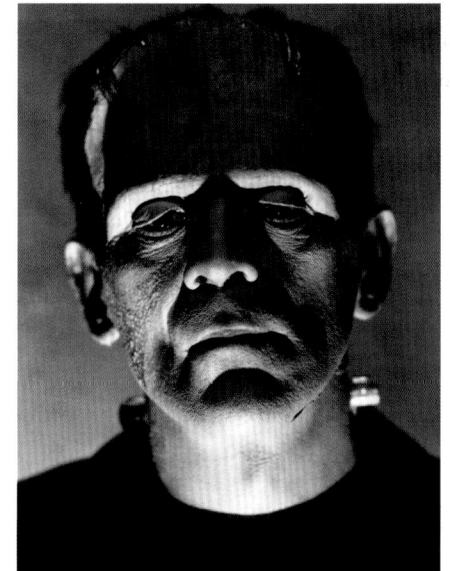

El rostro de Karloff, en 1931 (izquierda) y 1935 (derecha).

Colin Clive repitió como Henry Frankenstein, pese a su alcoholismo cada vez más evidente, y Dwight Frye casi calca su papel de Fritz (el famoso jorobado que acabará como Igor en el imaginario popular) con un nuevo Karl, en esta ocasión el ayudante del doctor Pretorius, aquí el mentor de Henry. Elizabeth, la amada del científico, tuvo que cambiar el rostro de Mae Clark (quien la interpretó en la primera película) por el de Valerie Hobson, por problemas de salud de aquella. Para la monstruosa (o no tanto) novia se eligió a la misma actriz que daba vida a Mary Shelley, en un curioso juego de espejos: Elsa Lanchester. En los créditos aparece como Mary Wollstonecraft Shelley, pero, en un guiño a la película anterior, la novia del monstruo la vemos acreditada solo como «?», al igual que Boris Karloff en los créditos iniciales de *Frankenstein*. El actor británico repite, por supuesto, papel, pero ya surge en los créditos –en grande y en solitario, como la nueva estrella que ya es– como Karloff, a secas.

La apariencia, tan reconocible, de la novia, es también mérito del maquillador Jack Pierce. Junto a Whale ideó ese peinado al estilo del busto de Nefertiti. El vestido de Mary Shelley creó algunos problemas más, ya que para el gusto del censor dejaba ver demasiado los pechos de Lanchester, por lo que solo se permitieron planos lejanos de Shelley, y los cercanos se cerraron a la altura del cuello. En el caso de Karloff, en esta ocasión el pelo se le retiró hacia atrás, como signo del daño que había sufrido durante el incendio y se le ven más las costuras (literal) de la cabeza. Asimismo, el rostro de Karloff resulta ahora más ancho, con las mejillas menos hundidas.

Kenneth Strickfaden volvió a crear el equipo de laboratorio. Recicló varias de las máquinas de nombres extravagantes que había diseñado para *Frankenstein*, como el «Difusor de rayos cósmicos» o el «Nebulario». El equipo de efectos especiales generó una secuencia memorable para la época: la aparición de una especie de «homúnculos», pequeños seres humanos (un rey, una reina, un obispo, un diablo…) encerrados en botellas, creados a modo de divertido experimento por el doctor Pretorius. Pocas veces se había visto algo irreal tan *real* en pantalla; tanto

Dwight Frye, en el papel de Karl durante *La novia de Frankenstein* (fotografía coloreada).

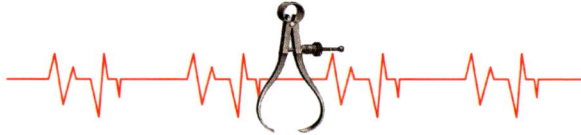

LUGOSI RECHAZÓ EL PAPEL DEL MONSTRUO PORQUE NO TENÍA LÍNEAS DE DIÁLOGO Y LE PARECÍA DEMASIADO FÍSICO. DESPUÉS VIO CÓMO ESE PAPEL CONVERTÍA A KARLOFF EN LEYENDA.

que en el muy monárquico Japón los censores objetaron la escena, alegando que «ridiculiza a un rey».

Cuando se estrenó, en abril de 1935, *La novia de Frankenstein* descolocó a muchos por su mezcla de humor y horror, de sucesión de escenas grotescas y macabras con un trasfondo irónico. En cualquier caso, la acogida fue bastante buena por la crítica y logró una estupenda cifra en taquilla. No obstante, con el paso de las décadas fue ganando más peso en las listas de mejores películas de la historia. Baste recordar que el mítico y mitificado crítico de cine Roger Ebert, del *Chicago Sun-Times*, incluyó, en 1999, *La novia de Frankenstein* en su lista de las cien mejores películas de siempre.

La saga de Frankenstein continúa

Las dos anteriores películas conforman lo que podemos llamar «corpus clásico» de Frankenstein en el cine, dos obras respetadas, dirigidas por un cineasta con vitola de artista como James Whale. Sin embargo, la máquina de fabricar monstruos de Universal no se iba a parar mientras resultase rentable. Es decir, un decenio deparó otras seis películas con Frankenstein (el monstruo) en sus filas.

La primera de ellas tuvo el título que nos podríamos esperar: *El hijo de Frankenstein* (Rowland V. Lee, 1939). En ella, muchos años después, el hijo del célebre científico reanima al monstruo, al que encuentra en coma, gracias a –claro– un rayo. El monstruo vuelve a estar interpretado, por última vez, por Boris Karloff: el británico se declaró cansado

Boris Karloff (como el monstruo) y Béla Lugosi (Igor) en *El hijo de Frankenstein*.

ya de dar vida a un personaje «exprimido», tanto como de pasar horas y horas en la sala de maquillaje. A punto estuvo de ser la primera película en color de terror, pero tras unas pruebas, ese mismo maquillaje dio muestras de resultar inapropiado en color.

Esta película juntó en pantalla a Karloff con Béla Lugosi, el otro gran referente del cine de terror de la época, el inmortal Drácula. El húngaro daba vida aquí al deforme Igor, el único capaz de dar órdenes al vengativo monstruo. No era, sin embargo, la primera vez que unían sus fuerzas; la primera fue en *Satanás* (*The Black Cat*, Edgar G. Ulmer 1934) y rodaron juntos un total de siete películas.

Aquella tercera parte volvió a generar buenos ingresos a Universal, que no se lo pensó y produjo, durante la década de 1940, otras cinco historias de Frankenstein, aunque ya decididamente con el sello de serie B

LA RETROCONTINUIDAD O CÓMO DESDECIRSE

La llaman así desde que un estudioso le diese ese nombre (o continuidad retroactiva) en 1973, pero ya existía desde antes. Básicamente, consiste en crear una obra que continúe una anterior sin tener en cuenta las consecuencias de la primera. O, dicho de otro modo, aquello de «donde dije digo, digo Diego». En una mayoría de ocasiones implica que un personaje que había muerto, resucite. ¿Por qué? Porque si no, no habría historia; es decir, no habría negocio. Resulta algo muy habitual en las películas de terror, que necesitan un final contundente para cerrar la historia... Pero luego obtienen un buen resultado y se necesita recuperar al malvado, para lo cual es válido presentar cualquier excusa en la siguiente: ah, el malvado, en realidad, *había sobrevivido*...

Uno de los casos más conocidos se dio cuando la presión pública obligó a Arthur Conan Doyle a resucitar a Sherlock Holmes y a explicar su supervivencia en *La casa deshabitada* (1903), relato aparecido diez años después de su (aparentemente) mortal enfrentamiento con el profesor Moriarty en *El problema final*.

THE DEATH OF SHERLOCK HOLMES.

Fotografía publicitaria de *El fantasma de Frankenstein,* con Lon Chaney Jr. y Béla Lugosi.

(películas de bajo presupuesto para acompañar, en una sesión doble, a las *buenas*, o de serie A). *El fantasma de Frankenstein* (Erle C. Kenton 1942) continuaba la serie donde acabó la anterior, rescatando al monstruo de la muerte segura donde le colocó el final de la anterior, tal y como hacían sus dos predecesoras. La retrocontinuidad comenzaba a hacer de las suyas en el cine de terror. Karloff, como había dejado claro, se olvidó de interpretar al monstruo, papel que retomó Lon Chaney Jr., el hijo de «El hombre de las mil caras», el actor de terror más famoso de todos los tiempos. Su hijo recogió el testigo dignamente, y dio vida a los principales monstruos de Universal (Drácula, la momia, el hombre lobo y el ya citado Frankenstein). Lugosi volvió a encarnar a Igor.

Mención aparte merece *Frankenstein y el hombre lobo* (Roy William Neill 1943), la primera vez que Universal juntaba dos de sus criaturas en una película. En nuestros tiempos esta idea se llama *crossover* y pen-

Lugosi y Chaney Jr. dirimen sus diferencias en una publicidad de *Frankenstein y el hombre lobo*.

samos que es muy moderna y que viene de las películas de superhéroes de Marvel, sin reparar en que el mundo existía –ponemos la mano en el fuego– antes de las redes sociales. Aquí Chaney Jr. dejaba la piel de Frankenstein por la del licántropo Larry Talbot, y Lugosi la de Igor por la del monstruo (las vueltas que da la vida). En 1941, Curt Siodmak había dirigido *El hombre lobo* con Chaney Jr. como protagonista (y Lugosi en un papel secundario), por lo que la película funcionaba como secuela de ambas series. Chaney Jr. volvió a interpretar al licántropo otras tres veces más.

El asunto se intrincó aún más con *La casa de Frankenstein* (Erle C. Kenton, 1944), donde coincidieron tres estrellas como Boris Karloff, Lon Chaney Jr. y John Carradine... pero ninguna de ellas en el papel del monstruo de Frankenstein, que se quedó Glenn Strange hasta el final de la saga. Aquí, además del licántropo de Chaney Jr., aparece un Drácula interpretado por Carradine, mientras que Karloff hace de científico malvado. Este refrito de monstruos se continuó con –claro– *La casa de Drácula* (Erle C. Kenton, 1945), con similar batiburrillo y similares resultados: una parodia, pero inconsciente, del género de terror. Así las cosas, Universal terminó la saga de Frankenstein con una parodia deliberada: *Abbott y Costello conocen a Frankenstein* (Charles Barton,1948), en la que el célebre dúo de cómicos se inmiscuye entre Frankenstein, el hombre lobo, el hombre invisible (al que solo escuchamos, en inglés, con la voz de Vincent Price) y Drácula, al que interpreta por segunda –y última– vez el actor que lo encarnó en un principio, Béla Lugosi.

Universal volvió a juntar a Abbott y Costello con sus otros monstruos en otras cuatro películas, pero ya sin Frankenstein. La pobre criatura ya había sido maltratada lo suficiente.

Glenn Strange (como monstruo de Frankenstein) y Boris Karloff (el científico) en *La casa de Frankenstein*.

Carteles norteamericanos para *La casa de Drácula* y *Abbott y Costello conocen a Frankenstein*.

Un nuevo Frankenstein europeo

Dejamos atrás Hollywood y las películas de Universal para ver qué pasaba con Frankenstein en Europa. Y, para sorpresa de nadie, fue la productora británica Hammer quien se ocupó de crear su propia serie de películas sobre el monstruo.

En 1958, Hammer Film Productions aún no era la productora de terror por antonomasia que hoy reconocemos. En 1955 había estrenado *El experimento del doctor Quatermass* (Val Guest) y, dos años después, repitieron con *Quatermass 2*. Antes de mudarse a la otra orilla del Atlántico, Universal ya había asegurado los derechos de autor sobre el maquillaje del monstruo de Frankenstein, por lo que Hammer tuvo que generar su estética propia. Phil Leakey fue el maquillador encargado de recrear al nuevo monstruo, sobre el rostro del por entonces joven actor secundario Christopher Lee. Para el doctor Víctor Frankenstein optaron por Peter Cushing. Este dúo también se enfrentaría en las películas de

Drácula (como el vampiro y el profesor Van Helsing, respectivamente) y acabaron siendo dos de los actores de terror más famosos de la historia.

La maldición de Frankenstein (Terence Fisher, 1957) se planteó de una manera revolucionaria. Iba a rodarse en color, en un brillante Eastman-Color que realzaba el rojo de una sangre que, por primera vez, iba a mostrarse sin atenuantes, como alguna que otra víscera. Algo totalmente inusual en una película dirigida al gran público. Con ese riesgo se estrenó en Londres el 2 de mayo de 1957. ¿Repelería ese regusto macabro a los espectadores británicos?

La respuesta resultó clara e inmediata: no, al contrario. La película fue un enorme éxito financiero y recaudó, según algunos informes, más de 70 veces su coste de producción durante su exhibición original en cines. Tuvo, incluso, mejor acogida en Estados Unidos que en el propio Reino Unido y supuso la piedra angular sobre la que Hammer construiría toda su posterior colección de producciones de terror. En Italia recogieron el testigo con la creación de un subgénero propio, el *giallo*.

Christopher Lee, el primer monstruo de Frankenstein de los estudios Hammer.

Así era el aspecto del monstruo de Frankenstein en las tres primeras películas de los estudios Hammer.

A *La maldición de Frankenstein* le siguieron otras seis producciones más con Frankenstein (monstruo y científico) como protagonista:

- *La venganza de Frankenstein* (Terence Fisher, 1958)
- *La maldad de Frankenstein* (Freddie Francis, 1964)
- *Frankenstein creó a la mujer* (Terence Fisher, 1967)
- *El cerebro de Frankenstein* (Terence Fisher, 1969)
- *El horror de Frankenstein* (Jimmy Sangster 1970)
- *Frankenstein y el monstruo del infierno* (Terence Fisher, 1974)

En esta serie de Hammer el protagonismo recaía más en la vileza del barón Víctor Frankenstein, sostenido por el carisma de Peter Cushing (menos en *El horror de Frankenstein*), que en el monstruo en sí, que fue cambiando de intérpretes y de aspecto en cada secuela. Solo repitió, en las dos últimas ocasiones, el actor David Prowse, quien años después se puso bajo el traje de Darth Vader en la trilogía original de *La guerra de las galaxias*.

Otros Frankenstein para el recuerdo

La lista de películas y obras de teatro (así como de cómics y de novelas derivadas) es ingente e imposible de glosar en un solo libro. Algunas llaman especialmente la atención y podemos mentarlas de pasada. Es el caso, por ejemplo, de *Frankenstein vs. Baragon* (Ishirō Honda, 1965) una película japonesa del subgénero *kaiju* (las que presentan enormes monstruos que atacan o defienden a la humanidad, al estilo de Godzilla). Aquí, un enorme Frankenstein se enfrenta a un dinosaurio llamado Ba-

 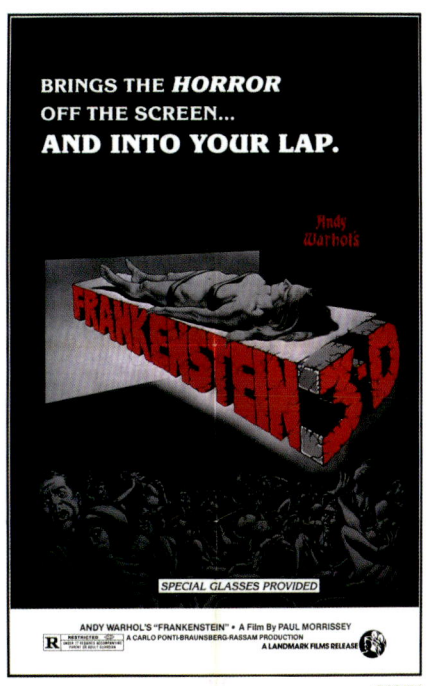

Carteles publicitarios para las películas *Frankenstein vs. Baragon* y *Carne para Frankenstein*.

ragon (creado para reemplazar a Godzilla, en un principio su oponente, y que luego protagonizaría más películas). La película mezcla nazis que conservan el corazón vivo del monstruo de Frankenstein, la Armada Imperial Japonesa, el bombardeo nuclear estadounidense a Hiroshima y enormes monstruos mutantes: fue todo un éxito.

Otra curiosidad es *Carne para Frankenstein* (Paul Morrisey, 1973), que en Alemania Federal y Estados Unidos se estrenó como *Andy Warhol's Frankenstein*. En realidad, el nombre de Warhol era más un reclamo comercial que otra cosa. Morrisey y Warhol estaban asociados para producir películas, aunque en esta ocasión Warhol apenas se pasó una sola vez por el rodaje y por la sala de edición. La película se rodó en 3-D, con escenas de sexo explícito y vísceras saltando a la pantalla, por lo que fue calificada como X en Estados Unidos.

En España se produjeron otras rarezas, como las del director Jesús (o Jess) Franco, todo un subgénero en sí mismo, autor de inclasificables

Carteles publicitarios para las películas *Remando al viento* y *Dioses y monstruos*.

películas eróticas y/o de terror de bajo (muy bajo) presupuesto. Franco dirigió tanto *Drácula contra Frankenstein* (1972) como *La maldición de Frankenstein* (1972). Más artística, y también rodada en inglés, es *Remando al viento* (Gonzalo Suárez, 1988), un producción que se centra en los días que Mary Shelley y compañía pasaron en Villa Diodati y el posterior proceso de creación del monstruo y de la novela. Lord Byron y Claire Clairmont fueron interpretados por Hugh Grant y Elizabeth Hurley, y llevaron su romance en pantalla hasta la vida real.

En el mismo bando que *Remando al viento*, que nos habla del mito de Frankenstein sin tocarlo directamente, hallamos a *Dioses y monstruos* (Bill Condon, 1998), una delicada historia que se centra en los últimos años de James Whale, como sabemos, el director de las fundacionales películas sobre Frankenstein. Basada en la novela *El padre de Frankenstein* (Christopher Bram, 1995), relata unos hechos ficticios mezclados con la amarga realidad de los últimos años de Whale, un hombre solitario, enfermo, que se va marchitando entre recuerdos de las trincheras de la Primera Guerra Mundial, de cuando era un hombre joven y atractivo, de cuando era un rey en Hollywood, hasta aparecer un día ahogado en su piscina, posiblemente por voluntad propia. Aunque resultó un fracaso en taquilla, la película cosechó críticas excelentes por su sensibilidad y talento. El título deriva de una escena de *La novia de Frankenstein*, en la que el personaje doctor Pretorius brinda por Víctor Frankenstein: «¡Por un nuevo mundo de dioses y monstruos!».

El célebre Igor de *El jovencito Frankenstein*, interpretado por Marty Feldman.

Para el último lugar de nuestro recorrido cinematográfico hemos dejado una película con muchos seguidores. *El jovencito Frankenstein* (Mel Brooks, 1974) es una de esas obras en las que se milita, a favor o en contra. Gene Wilder dio vida a Frederick, nieto de Víctor Frankenstein, empeñado en zafarse del legado familiar, hasta tal punto de cambiar la pronunciación de su apellido («*Fronkonstin*, se pronuncia *Fronkonstin*»). Wilder y Brooks coescribieron el guion, considerado por muchos como una pieza mayor del absurdo. La idea fue de Wilder, y surgió de los descansos del rodaje de *Sillas de montar calientes* (Brooks, 1974): «¿Y si hiciésemos que un nieto de Frankenstein renegase de su familia?». Y aunque los ejecutivos insistieron en reemplazar a Wilder, al que no acababan de ver en ese papel, Brooks, fiel a su instinto, hizo caso omiso y apostó por su amigo.

Brooks filmó en blanco y negro, algo ya insólito en 1974, para recrear el estilo visual de las películas de terror originales de Universal, a las que quería homenajear antes que parodiar. Empleó créditos de apertura de estilo antiguo, así como cortinillas similares a las del cine mudo para las transiciones de escenas e incluso utilizó el equipo de laboratorio original de Kenneth Strickfaden del *Frankenstein* de 1931, ya que Universal estaba implicada en la producción y se conservaba todo aquel instrumental.

El monstruo volvía a ser, como el de Boris Karloff, un ser incomprendido y rechazado, pero que buscaba desesperadamente conectar con alguien, como la criatura original de Shelley. Pero quizá el personaje más recordado sea el del jorobado Igor, en el cual confluyen todas las tramas humorísticas de la película, un papel que escribieron pensando en el cómico Marty Feldman.

Entre lo absurdo y lo hilarante, *El jovencito Frankenstein* logró recaudar casi 90 millones de dólares, partiendo de un presupuesto que no llegaba a los tres millones. Se recreó después una adaptación musical para Broadway y provocó numerosos homenajes y parodias que demuestran su influencia duradera.

Frankenstein para rato

Instalado definitivamente desde principios del siglo xx en el imaginario colectivo, a Frankenstein le aguarda un futuro de continuos renacimien-

Gene Wilder y Peter Boyle (quien interpreta al monstruo) en *El jovencito Frankenstein.*

tos y reinterpretaciones. Isaac Asimov, uno de los patriarcas de la ciencia ficción, bautizó como «complejo de Frankenstein» a la aprensión y suspicacias que sentimos los humanos por los robots que parecen cada vez más humanos, pero que sabemos que no lo son (un asunto cada vez más comentado con el advenimiento de la inteligencia artificial). En el cómic, tanto DC como Marvel, las dos principales editoriales, cuentan con la criatura dentro de su catálogo. La novela se sigue adaptando al teatro y se representa en los escenarios más concurridos de cualquier parte del globo, a menudo con célebres actores en la piel del monstruo o de su creador. El cine, como sabemos, ha propiciado más versiones de las que aquí podemos dar cuenta, algunas más ceñidas al original, como el *Frankenstein de Mary Shelley* (Kenneth Branagh, 1994), con

Robert de Niro como monstruo, y otras muy libres, que dan una nueva interpretación del mito, como por ejemplo *Pobres criaturas* (Yorgos Lanthimos, 2023), que sirvió en bandeja un premio Óscar a la mejor actriz a Emma Stone, una empoderada mujer reconstruida. También el cine de animación ha versionado al monstruo: *Frankenweenie* (2012) es el debido homenaje del director Tim Burton, un apasionado de las películas de Universal. Y superproducciones como la del multipremiado director mexicano Guillermo del Toro (*Frankenstein*, 2025) demuestran la necesidad de que cada generación tenga su propio Frankenstein. Así que… ¿cómo será el Frankenstein del siglo XXII?

Para leer y conocer

OBRAS DE NO FICCIÓN

- *Diario de duelo* (recopilación de los diarios de Mary Shelley). Hermida editores (2021).
- *Mary Shelley*. Muriel Spark. 1987. Editorial Lumen (1997).
- *En busca de Mary Shelley*, de Fiona Sampson. 2018. Galaxia Gutenberg (2018).
- *Mary Shelley. Su vida, su ficción, sus monstruos*, de Anne K. Mellor. 1988. Ediciones Akal (2019).
- *Mary Wollstonecraft. Mary Shelley*, de Charlotte Gordon. 2016. Editorial Circe (2018).
- *Monster Show*, de David J. Skal. 1993. EsPop Ediciones (2023).
- *Byron: Vida y leyenda*, de Fiona MacCarthy. 2004. Editorial Debate (2024).
- *Boris Karloff: A Gentleman's Life*, de Scott Allen Nollen. 1999.
- *Frankenstein: la resurrección de un mito*, VV.AA. 2018. Editorial Universidad de Jaén.
- Elizabeth Nitchie, «The Stage History of Frankenstein» *South Atlantic Quarterly 41* (1942).

OBRAS DE FICCIÓN

- *Historia de un viaje de seis semanas por Francia, Suiza, Alemania y Holanda*, de Mary Shelley. 1817.
- *Frankenstein*, de Mary Shelley. 1818.
- *Caminatas por Alemania e Italia, en 1840, 1842 y 1843*, de Mary Shelley. 1844.
- *Prometeo liberado*, de Percy Bysshe Shelley. 1820.
- *El vampiro*, de John William Polidori. 1819.
- *El padre de Frankenstein*, de Christopher Bram. 1995.

ENLACES

- Las máquinas de Kenneth Strickfaden: https://www.moma.org/magazine/articles/28
- Conferencia del profesor Wolfram Benda: https://www.ingolstadt.de/stadtmuseum/scheuerer/ausstell/frankenstein-2018-26.htm
- Biblioteca Bodleiana sobre Mary Shelley: http://shelleysghost.bodleian.ox.ac.uk/mary-shelley-index
- Subasta de ejemplares de la primera edición de *Frankenstein*: https://www.christies.com/lot/lot-6332204
- Texto original de la edición de 1818 de *Frankenstein*: https://archive.org/details/Frankenstein1818Edition/Frankenstein
- Texto original de la edición de 1831 de *Frankenstein*: https://www.gutenberg.org/files/42324/42324-h/42324-h.htm

Índice

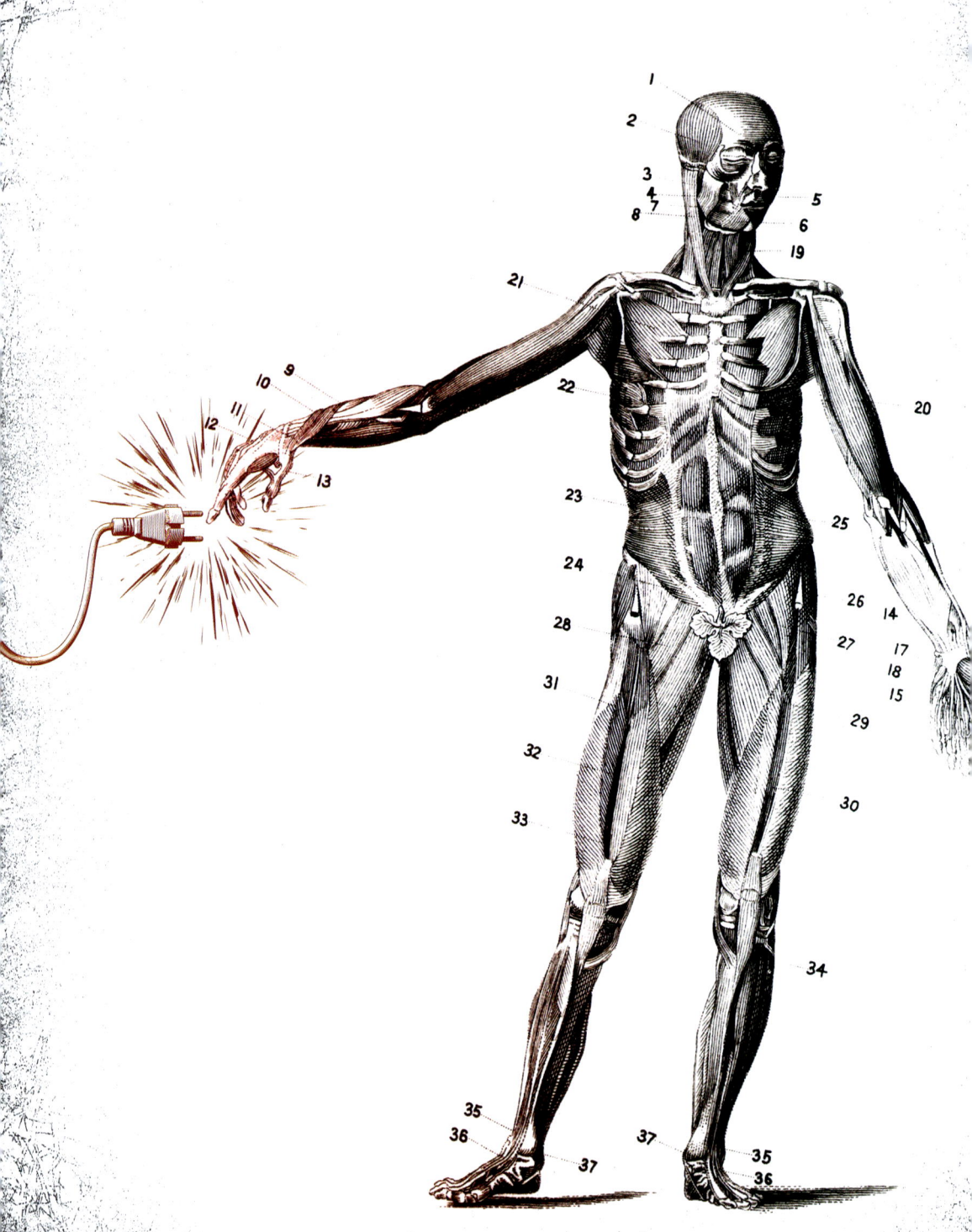